利用學英文的機會，

說出完美英語，

一開口就令人驚豔。

完美英語你一說就會上癮，
滔滔不絕，說個不停，
你周圍的人就會被你的魅力吸引。

「英文三句金寶典①~⑤」

英文不要學，只要抄。

抄「英文三句金寶典」中的句子，

抄多了自然就會。

自己造句很危險，太多文法
例外，很多有生命的句子都
是慣用句，不合文法。

使用英文是唯一學英文的方法

？和外國人交談 ⇒ 效果有限，聽了會忘，自己說的對不對，自己都不知道，永無信心！

？移民國外 ⇒ 除了小孩上學以外，無人真正學好英文。想說的說不出來，單字永遠不夠。

上單詞教父劉毅「快手」和「抖音」的網站—和劉毅老師及百萬網友一對一交流，用我們提供的「英文三句金寶典」中的句子，說出來的每句話，都讓人心悅誠服。聽到你所說的話，都想和你交朋友。

■從小就可以開始──絕不可能限制小孩用手機，不如讓他在手機上用英文與人交談。

用「英文三句金」在網路上交流

　　自媒體時代來到，要說英文，就要說比一般人好聽，讓人感動的英語。「英文三句金」你一說出來，就讓人驚豔，大家都想成為你的好朋友。

英文三句金寶典①～⑤
劉　毅　老師主編

在手機上用中文交流	→	浪費時間，你沒有學到什麼。
在網站上用英文交流	→	結交全世界的朋友，每天增加知識和文化，無所不知，日積月累，朋友越來越多，知識越來越豐富。
在網站上用「英文三句金」交流	→	每天說好聽的話，讓人著迷，成為百萬網紅，財產快速增加。

CONTENTS ✒

編者的話

　　本書製作過程相當艱辛，先由美籍口語專家 Edward McGuire 老師，寫出完美英語（Perfect English），經過千挑萬選，這些句子必須適合中國人學，必須一看就記得住，必須隨時想用就都用得到，然後再傳到美國，請文法權威 Laura E. Stewart 老師校對修改。例如，Edward 的原稿是：

> It was an awful experience.
> （這是很糟的經驗。）
> It *was* an unpleasant memory.
> （這是不愉快的記憶。）
> It left a bad taste in my mouth.
> （我留下壞印象。）

　　經過 Laura 的修改，第二句的 *was*，要改成 *is* 才對，否則就不完美了。既然我們要學英文，就要學完美英語，也就是沒有錯的英語，說出來比美國人說的還要好。任何時候，你一開口就讓所有人驚豔。

　　感謝蔡琇瑩老師和謝靜芳老師，我看，很難找到比她們更厲害的，她們兩位從台大外文系畢業後，來到我的身邊工作，多年以來，教高三英文教到走火入魔，現在轉戰「完美英語」，我們深信將可以拯救所有英文學習者。過去大家受太多苦了，有了「英文三句金寶典」，每天在「快手」和「抖音」上，和我們一起學英語、一起交流。說完美英語，你自己會非常興奮，每天在評論區留言，你會越來越有自信，有成就感！歡迎加入「單詞教父劉毅」的網站，可以隨時找到我，有任何問題就可以直接問我。

劉　毅

1. 談論自己
Talking About Myself

用手機掃瞄聽錄音

☐ **601.** ***I love my fans.*** 　　　　　我愛我的粉絲。
　　　I cherish my followers. 　　我珍惜我的追隨者。
　　　You're all forever in my 　　你們永遠在我的心中。
　　　　heart.

☐ **602.** ***I'm not giving up.*** 　　　　我不會放棄。
　　　I'll keep trying. 　　　　　我會持續努力。
　　　I refuse to fail. 　　　　　我拒絕失敗。

☐ **603.** ***This is my apartment.*** 　　這是我的公寓。
　　　It's my humble home. 　　　這是我簡陋的家。
　　　My home is your home. 　　我的家就是你家。

**————————————

601. fan〔fæn〕*n.* 迷；粉絲　　cherish〔'tʃɛrɪʃ〕*v.* 珍惜
　　follower〔'faloɚ〕*n.* 追隨者；追蹤者
　　forever〔fɚ'ɛvɚ〕*adv.* 永遠　　heart〔hart〕*n.* 心
　　in one's heart 在…的內心深處
　　You're all forever in my heart. 也可說成：I will never forget
　　　　you. (我絕不會忘記你們。)
602. ***give up*** 放棄　　keep〔kip〕*v.* 持續　　try〔traɪ〕*v.* 嘗試；努力
　　refuse〔rɪ'fjuz〕*v.* 拒絕　　fail〔fel〕*v.* 失敗
603. apartment〔ə'partmənt〕*n.* 公寓
　　humble〔'hʌmbl̩〕*adj.* 簡陋的

□ **604.** ***My address is Zhongshan Road.***　　我的地址是中山路。
　　　Section two, Number 1234.　　二段，1234 號。
　　　It's on the third floor.　　是在三樓。

□ **605.** ***I enjoy watching people.***　　我喜歡看人。
　　　I like to people-watch.　　我喜歡觀察人。
　　　It's fun to observe others.　　觀察別人很有趣。

□ **606.** ***I'm a people person.***　　我善於交際。
　　　I enjoy making new friends.　　我喜歡結交新朋友。
　　　I'm good at breaking the ice.　　我很擅長打破冷場。

** ————————————

604. address〔ə'drɛs , 'ædrɛs〕*n.* 地址
　　section〔'sɛkʃən〕*n.* 地段；地區；區域　　***section two*** 二段
　　number〔'nʌmbɚ〕*n.* 號碼　　floor〔flor〕*n.* 樓層
605. watch〔watʃ〕*v.* 觀看；觀察
　　people-watch〔'pip!,watʃ〕*v.* 觀察人　　fun〔fʌn〕*adj.* 有趣的
　　observe〔əb'zɝv〕*v.* 觀察　　others〔'ʌðɚz〕*pron.* 別人
606. ***people person*** 善於交際的人
　　I'm a people person. = I enjoy being with other people.
　　make friends 交朋友　　***be good at*** 擅長
　　break the ice 破冰；打破僵局；打破冷場
　　I'm good at breaking the ice.
　　= I'm good at talking with new people.

□ **607.** ***My friends and family***
　　　　are perfect.
　　　　My job is the best in
　　　　the world.
　　　　I'm the luckiest person
　　　　alive.

　　　　我的朋友和家人都很完美。

　　　　我的工作是全世界最棒的。

　　　　我是當今最幸運的人。

□ **608.** ***I'm not patient.***
　　　　I hate to wait.
　　　　I like things quick.
　　　　【當你趕時間的時候，可以說這三句話】

　　　　我沒有耐心。

　　　　我討厭等待。

　　　　我喜歡所有的事都快一點。

□ **609.** ***I'm flexible.***
　　　　I can change.
　　　　I can give or take a bit.

　　　　我很有彈性。

　　　　我可以改變。

　　　　我可以稍微做修正。

**　*　*

607. family〔'fæməlɪ〕*n.* 家庭；家人
　　perfect〔'pɝfɪkt〕*adj.* 完美的　　lucky〔'lʌkɪ〕*adj.* 幸運的
　　luckiest〔'lʌkɪɪst〕*adj.* 最幸運的
　　alive〔ə'laɪv〕*adj.* 活著的；在世的；當今的【用於最高級形容詞所
　　　修飾的名詞之後，強調該名詞】
　　I'm the luckiest person alive. 也可說成：I'm so lucky.
　　　（我非常幸運。）或 I'm very fortunate.（我非常幸運。）
608. patient〔'peʃənt〕*adj.* 有耐心的　　hate〔het〕*v.* 討厭
　　「like + 受詞 + 補語」表「喜歡…呈現某種狀態」。
609. flexible〔'flɛksəbl̩〕*adj.* 有彈性的；可變通的
　　give or take 允許有小誤差　　***a bit*** 一點（= *a little*）

□ 610. *I go to bed early.*　　　　　　我很早睡。
　　　Early to bed, early to　　　　　早睡早起。
　　　　rise.
　　　After 10 p.m., I'm done.　　　　晚上十點過後，我的一天
　　　　　　　　　　　　　　　　　就結束了。

【說明自己的作息時間，可以這麼說】

□ 611. *I take a nap after lunch.*　　我午餐後會小睡片刻。
　　　It gives me energy.　　　　　　這樣可以補充我的精力。
　　　A quick nap is healthy.　　　　小睡一下有益健康。

□ 612. *I'm a night owl.*　　　　　　我是個夜貓子。
　　　I only get going after　　　　　我只有在晚上十點後，才
　　　　10 p.m.　　　　　　　　　　會開始行動。
　　　I can party all night.　　　　　我可以整晚狂歡作樂。

** ──────────────

610. ***Early to bed, early to rise.*** 源自諺語：Early to bed and early
　　to rise makes a man healthy, wealthy, and wise.（早睡早起
　　使人健康、有錢，又聰明。）
　　p.m.〔'pi'ɛm〕*adv.* 下午　　done〔dʌn〕*adj.* 完成的
611. nap〔næp〕*n.* 小睡　　***take a nap*** 小睡片刻；睡午覺
　　energy〔'ɛnɚdʒɪ〕*n.* 能量；精力
　　A quick nap is healthy. 也可說成：A short nap is good for
　　you.（小睡一下對你有好處。）
612. owl〔aul〕*n.* 貓頭鷹；熬夜的人　　***night owl*** 夜貓子
　　get going 出發（= *depart*）；開始行動（= *start taking some*
　　action）　　party〔'pɑrtɪ〕*v.* 狂歡作樂

□ **613.** *I need some alone time.* 　我需要一些獨處的時間。

It calms me down. 　它能使我平靜下來。

It clears my head. 　它能使我的頭腦清楚。

□ **614.** *I'm doing so-so.* 　我還好。

I'm getting by. 　還過得去。

Could be better, could 　可能更好，也可能更壞！
be worse!

□ **615.** *I'll do my best.* 　我會盡全力。

I'm going all out. 　我會盡最大努力。

Impossible is not in my 　我的詞彙裡沒有「不可
vocabulary. 　能」。

** ————————————

613. alone〔ə'lon〕*adj.* 獨自的；單獨的　　*alone time* 獨處的時間
I need some alone time. = I need to spend some time by
myself.　　calm〔kɑm〕*v.* 使平靜；使鎮定
calm down 使平靜下來；使鎮定下來
clear〔klɪr〕*v.* 使（頭腦）清楚　　*clear one's head* 使頭腦清楚

614. do〔du〕*v.* 進展　　so-so〔'so,so〕*adv.* 還好；還過得去
get by 勉強應付過去；勉強混過去；還過得去
Could be better, *could be worse!* 源自 I could be better, or
I could be worse!

615. *do one's best* 盡力　　*go all out* 盡最大努力
impossible〔ɪm'pɑsəbḷ〕*adj.* 不可能的
vocabulary〔və'kæbjə,lɛrɪ〕*n.* 字彙
sth. is not in one's vocabulary 某人的詞彙裡沒有～

□ **616.** ***Help me a little now.***　現在幫我一點小忙。
I'll repay you in spades.　我會好好地報答你。
I'll return the favor big time.　我會大大地回報這個恩惠。

【這三句話的意思是「滴水之恩，當湧泉相報」】

□ **617.** ***I like to take naps.***　我喜歡睡午覺。
They recharge my batteries.　睡午覺能使我恢復體力。
A power nap is part of my day.　每天睡午覺讓我精力充沛。

□ **618.** ***I take a lot of showers.***　我很常淋浴。
I like to stay clean.　我喜歡保持乾淨。
Taking a bath is too slow.　泡澡太慢了。

** ――――――――

616. repay〔rɪˋpe〕v. 報答　***in spades*** 非常；極度；大量
return〔rɪˋtɜn〕v. 回報　favor〔ˋfevɚ〕n. 恩惠
big time 很大程度上；非常大

617. nap〔næp〕n. 小睡　***take a nap*** 小睡片刻；睡午覺
recharge〔riˋtʃɑrdʒ〕v. 給（電池）再充電
battery〔ˋbætərɪ〕n. 電池
recharge one's ***batteries*** 充電；恢復體力
power〔ˋpauɚ〕n. 力量
power nap 恢復精力的小睡；白天裡的小睡

618. ***take a shower*** 淋浴　stay〔ste〕v. 保持
bath〔bæθ〕n. 洗澡　***take a bath*** 洗澡；泡澡

nap

□ **619.** ***I don't smoke.*** 　　　　　我不抽煙。

　　　　I don't drink. 　　　　　我不喝酒。

　　　　I like to enjoy a good 　　　我喜歡享受好的生活。
　　　　　life.

□ **620.** ***I'm surviving.*** 　　　　　我還過得去。

　　　　I'm getting along. 　　　　　我還能應付。

　　　　I'm doing well enough. 　　　我還可以。

□ **621.** ***I enjoy long talks.*** 　　　　我喜歡長時間的交談。

　　　　I love to chew the fat. 　　　　我喜愛聊天。

　　　　It's fun to gossip and 　　　　閒聊很有趣。
　　　　　chat.

＊＊───────────

619. smoke〔smok〕v. 抽煙　　　drink〔drɪŋk〕v. 喝；喝酒

620. survive〔sə'vaɪv〕v. 繼續生存；存活

　　　I'm surviving. = I'm getting by.【***get by*** 還過得去】

　　　get along （成功地）對付；應付

　　　I'm getting along. 也可說成：I'm doing OK.（我的情況還好。）

　　　do〔du〕v. 進展　　　***well enough*** 還好；還可以

　　　I'm doing well enough. 也可說成：I'm doing fine.（我還可以。）

　　　　或 Things are fine.（情況還不錯。）

621. long〔lɔŋ〕adj. 長時間的　　　talk〔tɔk〕n. 談話；交談

　　　chew〔tʃu〕v. 咀嚼　　　fat〔fæt〕n. 油脂；肥肉

　　　chew the fat 聊天　　　fun〔fʌn〕adj. 有趣的

　　　gossip〔'gɑsəp〕v. 說閒話　　　chat〔tʃæt〕v. 聊天

☐ 622. *I enjoy solitude.*   我喜歡孤獨。

I love peace and quiet.   我喜愛安靜。

Silence is golden to   對我而言，沈默是金。
     me.

☐ 623. *I often change my*   我常常改變主意。
     mind.

I can change on a dime.   我可以迅速變卦。

I make a lot of last-   我經常最後一分鐘才做
     minute decisions.   決定。

** ——————————

622. solitude (ˈsɑləˌtjud) *n.* 獨處；孤獨

peace (pis) *n.* 平靜；寧靜   quiet (ˈkwaɪət) *n.* 平靜；寧靜

peace and quiet 安靜   silence (ˈsaɪləns) *n.* 沈默；安靜

golden (ˈgoldn̩) *adj.* 金的

Silence is golden.（沈默是金。）源自諺語：Speech is silver,
     silence is golden.（說話是銀，沈默是金。）

623. *change one's mind* 改變主意；變卦

dime (daɪm) *n.* 十分硬幣；一角硬幣

on a dime 立刻；迅速地 (= *in an instant* = *very quickly*)

change on a dime 源自賽車用語 turn on a dime（在極小的空
     間中轉身），在此引申爲「在極短的時間內改變」(= *change*
     in a very short time)。

last-minute (ˈlæstˈmɪnɪt) *adj.* 最後一分鐘的

decision (dɪˈsɪʒən) *n.* 決定   *make a decision* 做決定

I make a lot of last-minute decisions.

= I often decide at the last possible moment.

= I put off making decisions.【*put off* 拖延】

2. 表達感覺
Showing Your Feelings

用手機掃瞄聽錄音

2.
表達感覺

□ 624. *I got carried away*. | 我太激動了。
I got lost in the moment. | 我太投入了。
I lost track of time. | 我忘了時間。

□ 625. *It was so sudden!* | 這太突然了！
It came out of nowhere! | 這真是出乎意料！
It caught me by surprise! | 它讓我措手不及！

＊＊────────

624. *carry away* 使入迷；吸引住；使激動得失去控制
lost〔lɔst〕*adj.* 著迷的；沈迷的；不知所措的；迷惘的；迷路的
moment〔'momənt〕*n.* 時刻
get lost in the moment 一時迷惘
I got lost in the moment. 意思是 I got so involved in it that I forgot about everything else. (我太投入了，忘了其他所有的一切。) track〔træk〕*n.* 蹤跡 *lose track of* 忘記
I lost track of time. = I forgot all about time.

625. sudden〔'sʌdn̩〕*adj.* 突然的
nowhere〔'no,hwɛr〕*n.* 無人知道的地方
come out of nowhere 突然出現；出乎意料地發生
It came out of nowhere! = It was completely unexpected!
(這完全是出乎意料！)
catch/take sb. by surprise 讓某人感到意外；讓某人措手不及
It caught me by surprise! 也可說成：I didn't expect it at all!
(我完全沒預料到！)

2.
表
達
感
覺

□ 626. *You blow my mind!*　　你使我震驚！
You blow me away!　　　你使我很震撼！
You truly amaze me!　　你真的使我大吃一驚！

□ 627. *I feel great.*　　　　我覺得很棒。
I couldn't feel better.　　我覺得好極了。
I'm on top of the world.　我太幸福了。

□ 628. *I'm dying to do that.*　我很想那樣做。
I want it so badly.　　　我很想要那樣。
I just can't wait.　　　我真的等不及了。

□ 629. *Wow!*　　哇！
Whoa!　　哇！
Oh, boy!　噢，哇！

** ————————————

626. blow〔blo〕*v.* 吹；使爆炸
　　　blow one's mind 令人十分震驚；令人昏頭
　　　blow sb. away 使某人震驚　　truly〔ˈtrulɪ〕*adv.* 真地
　　　amaze〔əˈmez〕*v.* 使驚訝；使大吃一驚

627. *I couldn't feel better.* 字面的意思是「我不可能覺得更好了。」
　　　也就是「我覺得好極了。」
　　　on top of the world 心滿意足；欣喜若狂；極度幸福
　　　(= *extremely happy*)

628. *be dying to V.* 極想做…　　badly〔ˈbædlɪ〕*adv.* 很；非常

629. wow〔waʊ〕*interj.* 哇　　whoa〔hwo, wo〕*interj.* 哇
　　　boy〔bɔɪ〕*interj.* 哇；好傢伙

□ 630. *I'm on cloud nine!* | 我非常高興！
I'm in seventh heaven! | 我感到非常快樂！
I'm as happy as can be! | 我非常快樂！

□ 631. *I have a hunch.* | 我有一種直覺。
I have a gut feeling. | 我有第六感。
I think it's going to | 我認為這件事即將發生。
　　happen.

□ 632. *We see eye to eye.* | 我們的看法相同。
We're on the same page. | 我們的意見一致。
The feeling is mutual. | 我們有相同的感受。
【同意對方的說法，可以這麼說】

* *

630. *on cloud nine* 非常興奮的；非常高興的 (= *extremely happy*)
　　be in seventh heaven 在七重天；在極樂世界；感到非常快樂
　　【七重天是猶太人認為神與天使居住的最上層天】
　　(= *feel extremely happy*)
　　I'm in seventh heaven! = I'm in the seventh heaven!
　　as…as can be 非常…；極為…
631. hunch〔hʌntʃ〕*n.* 預感；直覺
　　gut〔gʌt〕*adj.* 本能的；直覺的　*n.* 腸　　*a gut feeling* 第六感
　　I have a gut feeling. = I have a feeling in my gut.
632. *see eye to eye* 看法一致　　page〔pedʒ〕*n.* 頁
　　be on the same page 意見一致；立場相同
　　mutual〔'mjutʃʊəl〕*adj.* 互相的；共同的
　　the feeling is mutual 有相同感受

2.
表
達
感
覺

□ **633.** *I started too soon*.　　　　　我太早開始了。
I did it too early.　　　　　　我太早做了。
I jumped the gun.　　　　　　我太早行動了。

□ **634.** *I was just kidding*.　　　　　我只是在開玩笑。
Don't lose your temper.　　　　不要發脾氣。
Don't bite my head off.　　　不要對我亂發脾氣。

□ **635.** *Keep your shirt on*.　　　　　別生氣。
Keep your pants on.　　　　　保持冷靜。
Take a deep breath.　　　　　做個深呼吸。

【除了以上三句外，也可說：Relax.（放輕鬆。）Calm down.
（冷靜下來。）】

** ──────────

633. gun〔gʌn〕*n.* 槍
　　jump the gun ①（比賽時）槍聲未響就起跑；搶跑 ②行動過早
　　I jumped the gun. = I did it too soon. = I acted too soon.
　　這三句話都是指「太早行動」，暗示「時機未到；太草率了」，所
　　以也可說成：I was too hasty.（我太草率了。）I should have
　　waited.（我應該再等一等。）【hasty〔'hestɪ〕*adj.* 匆促的；草率的】

634. kid〔kɪd〕*v.* 開玩笑　　lose〔luz〕*v.* 失去
　　temper〔'tɛmpɚ〕*n.* 脾氣　　*lose one's temper* 發脾氣
　　bite〔baɪt〕*v.* 咬　　*bite one's head off* 對…亂發脾氣

635. shirt〔ʃɜt〕*n.* 襯衫　　on〔ɑn〕*adj.* 穿著的
　　keep one's shirt on 別生氣；別發火（= *not get annoyed*）
　　pants〔pænts〕*n. pl.* 長褲
　　keep one's pants on 保持冷靜（= *remain calm*）
　　breath〔brɛθ〕*n.* 呼吸　　*take a deep breath* 做個深呼吸

□ **636**. *I lost my temper*.　　　　　　我發了脾氣。
　　　 I said something awful.　　　　我說了很糟的話。
　　　 I wish I could take it　　　　　我希望可以收回那些話。
　　　 　back.

♣ **説自己很緊張，可以用下面九句話**

□ **637**. *I'm very tense*.　　　　　　我很緊張。
　　　 I have a dry mouth.　　　　　我的嘴巴很乾。
　　　 I am a bundle of nerves.　　　我很緊張。

□ **638**. *I'm jumpy*.　　　　　　　我很焦慮。
　　　 I'm so jittery.　　　　　　　我很忐忑不安。
　　　 I'm shaking in my　　　　　　我嚇得發抖。
　　　 　shoes.

＊＊──────────────

636. temper〔'tɛmpɚ〕*n.* 脾氣　　　*lose one's temper* 發脾氣
　　 awful〔'ɔfʊl〕*adj.* 可怕的；很糟的
　　 wish〔wɪʃ〕*v.* 希望；但願　　　*take back* 收回；撤回
637. tense〔tɛns〕*adj.* 緊張的（= *nervous*）　　　dry〔draɪ〕*adj.* 乾的
　　 mouth〔maʊθ〕*n.* 嘴巴　　bundle〔'bʌndḷ〕*n.* 束；捆
　　 a bundle of 一大堆（= *a lot of*）
　　 nerve〔nɝv〕*n.* 神經；(*pl.*) 神經質；焦慮
　　 a bundle of nerves 焦躁的人；緊張不安的人
　　 I'm a bundle of nerves. = I'm very nervous.

bundle

638. jumpy〔'dʒʌmpɪ〕*adj.* 緊張的；焦慮的；神經質的（= *nervous*）
　　 jittery〔'dʒɪtərɪ〕*adj.* 忐忑不安的；神經過敏的
　　 shake〔ʃek〕*v.* 發抖　　　*shake in one's shoes* 嚇得發抖

□ **639.** ***I'm so uptight.***　　　　　　　我很緊張。
　　　　I'm on edge.　　　　　　　　　我很緊張。
　　　　I'm on pins and needles.　　　我如坐針氈。

□ **640.** ***Cut me some slack.***　　　　　別對我那麼嚴苛。
　　　　Go easy on me.　　　　　　　　別爲難我。
　　　　Give me a break.　　　　　　　饒了我吧。

□ **641.** ***You're killing me.***　　　　　你使我受不了。
　　　　You're driving me crazy.　　　你使我發瘋。
　　　　You're freaking me out.　　　你使我抓狂。

2. 表達感覺

＊＊──────────

639. uptight〔ˈʌpˌtaɪt〕*adj.* 緊張的；焦慮的
　　edge〔ɛdʒ〕*n.* 邊緣　　***on edge*** 緊張的；煩躁的
　　pin〔pɪn〕*n.* 大頭針；別針　　needle〔ˈnidḷ〕*n.* 針
　　be on pins and needles 如坐針氈；坐立不安

640. slack〔slæk〕*n.* 鬆弛的部份；布的皺摺　*adj.* 鬆弛的；寬鬆的
　　slack 就是「布的皺摺」，穿著衣褲時，肘彎處、胯部及膝蓋處
　　　若沒有皺摺，就會覺得很緊不舒服。
　　Cut me some slack.「多剪一些布給我當皺摺。」就引申爲
　　　「別對我那麼嚴苛，讓我輕鬆一點。」(＝ *Give me a break.*)
　　go easy on sb. 對某人寬大　　break〔brek〕*n.* 機會；幸運
　　give sb. a break 給某人一個機會；饒過某人

641. kill〔kɪl〕*v.* 殺死；使不能忍受；使覺得好笑
　　drive sb. crazy 使某人發瘋
　　You're driving me crazy. 可説成：You're driving me nuts.
　　　【nuts〔nʌts〕*adj.* 瘋狂的】
　　freak sb. out 使某人極度欣喜或不安；激怒某人

□ **642.** *I'm fed up.*　　　　　　我受夠了。
　　　I've had enough.　　　　我受夠了。
　　　That's the last straw.　　那實在是令人忍無可忍。

□ **643.** *It was unpleasant.*　　這令人很不愉快。
　　　I had to accept it.　　　我不得不接受。
　　　It was a bitter pill to　　這是必須接受的殘酷事
　　　　swallow.　　　　　　實。

□ **644.** *I'm not happy.*　　　　我不高興。
　　　I'm far from pleased.　　我非常不高興。
　　　I'm upset at the moment.　我現在很不高興。

2.

表達感覺

＊＊────────

642. fed〔fɛd〕*adj.* 厭倦的；厭煩的　　*be fed up* 感到厭倦；厭煩
　have had enough 厭煩；受夠了　　straw〔strɔ〕*n.* 稻草
　the last straw（壓垮駱駝的）最後一根稻草；最終使人無法忍
　　受的事【源自諺語：The last straw breaks the camel's back.
　　（最後一根稻草壓斷駱駝的背。）　　camel〔'kæml〕*n.* 駱駝】
643. unpleasant〔ʌn'plɛznt〕*adj.* 令人不愉快的；令人討厭的
　accept〔ək'sɛpt〕*v.* 接受　　bitter〔'bɪtɚ〕*adj.* 苦的
　pill〔pɪl〕*n.* 藥丸　　swallow〔'swɑlo〕*v.* 吞下
　a bitter pill to swallow 字面的意思是「要吞下的苦藥丸」，引申
　　為「必須接受的殘酷事實」。*It was a bitter pill to swallow.* 也
　　可説成：It was hard to accept.（這很難接受。）
644. *far from* 一點也不　　pleased〔plizd〕*adj.* 高興的
　upset〔ʌp'sɛt〕*adj.* 不高興的　　moment〔'momənt〕*n.* 時刻
　at the moment 現在；目前

♣ **表示不相信，可以説這六句話**

□ 645. ***I doubt it.***   我懷疑。

       I'm skeptical.   我懷疑。

       It's hard to believe.   這很難相信。

□ 646. ***I don't believe it.***   我不相信。

       You can't fool me.   你騙不了我。

       I wasn't born yesterday.   我不是三歲小孩。

♣ **不想和對方説話，可説這六句話**

□ 647. ***Don't talk to me.***   不要跟我說話。

       Talk to the hand.   別煩我。

       I don't want to hear you.   我不想聽到你的聲音。

□ 648. ***I'm not listening.***   我沒在聽。

       I'm ignoring you.   我正在忽視你。

       Your words are falling   你說的話完全被忽視。
         on deaf ears.

＊＊─────────

645. doubt〔daʊt〕*v.* 懷疑   skeptical〔'skɛptɪkl̩〕*adj.* 懷疑的

646. fool〔ful〕*v.* 欺騙   ***be born*** 出生

     I wasn't born yesterday. 「我不是昨天才出生的。」引申爲

       「我不是三歲小孩；我沒那麼好騙。」

647. ***talk to the hand*** 不要跟我說話 (= *don't talk to me*)；別煩我

     (= *leave me alone*)

648. ignore〔ɪg'nor〕*v.* 忽視   words〔wɝdz〕*n. pl.* 話

     deaf〔dɛf〕*adj.* 聾的   ***fall on deaf ears*** 完全被忽視；不受注意

□ 649. *I'm dead*. 　　　　　　　 我完了。

My life is over. 　　　　　 我完了。

My goose is cooked. 　　 我完蛋了。

□ 650. *I have no chance*. 　　　 我沒機會了。

I have no shot. 　　　　　 我沒機會成功了。

It's not going to 　　　　 這是不會發生的；我不會

happen. 　　　　　　　　 成功了。

【當認爲自己某事不會成功時，就可說這三句話】

□ 651. *Get lost*. 　　　　　　　 滾開。

Get away from me. 　　　 離我遠一點。

Take a hike. 　　　　　　 滾開。

**────────────

649. 這三句話是慣用語，不是真的表示我要死了，或是我的鵝被
煮了，而是比喻「我的情況十分嚴重。」碰到倒楣的事，
你就可以開玩笑地說這三句。

life〔laɪf〕*n.* 生命　　over〔'ovɚ〕*adj.* 結束的
cook〔kʊk〕*v.* 煮

650. chance〔tʃæns〕*n.* 機會；可能性
shot〔ʃɑt〕*n.* ①射擊 ②嘗試 ③機會
I have no shot. = I have no chance to succeed.
It's not going to happen. 也可說成：It won't happen.
（這是不會發生的。）

651. lost〔lɔst〕*adj.* 消失的　　*get lost* 滾開
get away from 遠離　　hike〔haɪk〕*n.* 健行；遠足
take a hike 滾開

2. 表達感覺

□ 652. *Please go away.*　　　　　　請走開。
　　　Please leave me alone.　　　請不要打擾我。
　　　I have nothing to say.　　　我沒什麼話好說。

□ 653. *I'm hot.*　　　　　　　　　我很熱。
　　　I'm boiling.　　　　　　　我很熱。
　　　I'm burning up.　　　　　　我快要燒起來了。

□ 654. *I have cabin fever.*　　　　我有幽閉煩躁症。
　　　I've been inside too　　　　我待在室內太久了。
　　　　　long.
　　　I need to go outside.　　　　我必須要出去。

**────────────

652. *go away* 走開　　leave〔liv〕*v.* 使處於（某種狀態）
　　alone〔ə'lon〕*adj.* 獨自的
　　leave sb. alone 不理會某人；不打擾某人

653. hot〔hɑt〕*adj.* 熱的　　boiling〔'bɔɪlɪŋ〕*adj.* 沸騰的；炎熱的
　　burn〔bɝn〕*v.* 燃燒　　*burn up* 燒起來

654. cabin〔'kæbɪn〕*n.* 小木屋；艙房（船艙、機艙等）
　　fever〔'fivɚ〕*n.* 發燒
　　cabin fever（長期待在室內的）幽閉煩躁症【因長期被困在室內
　　　而引起的不安、焦慮等反應，這個名詞源自於從前人們因暴風雪等
　　　極端天候，被困住小木屋裡無法出去的情況】
　　I have cabin fever. 也可説成：I'm restless.（我坐立不安。）
　　　或 I want to go out.（我想要出去。）【restless〔'rɛstlɪs〕*adj.*
　　　不安定的；浮躁的】
　　inside〔'ɪn'saɪd〕*adv.* 在室內
　　outside〔'aut'saɪd〕*adv.* 在戶外

□ **655.** *It's too crowded*. 　　　　太擁擠了。
　　　 I need more space. 　　　　我需要更多的空間。
　　　 I need some room to 　　　 我需要一些可以呼吸的空
　　　　　breathe. 　　　　　　　間。

□ **656.** *It's stuffy in here*. 　　　這裡很悶。
　　　 I need some fresh air. 　　　我需要一些新鮮的空氣。
　　　 Let's go outside so I 　　　 我們出去吧，我才能呼吸
　　　　　can breathe. 　　　　　 一下。

♣ **你筋疲力盡了，可以説下面六句話**

□ **657.** *I'm out of gas*. 　　　　我筋疲力盡了。
　　　 I'm out of juice. 　　　　　我筋疲力盡了。
　　　 I'm running on fumes. 　　　我疲憊不堪。

** ——————

655. crowded〔ˈkraʊdɪd〕*adj.* 擁擠的　　space〔spes〕*n.* 空間
　　room〔rum〕*n.* 空間　　breathe〔brið〕*v.* 呼吸

656. stuffy〔ˈstʌfɪ〕*adj.* 通風不良的；窒悶的
　　fresh〔frɛʃ〕*adj.* 新鮮的

657. *be out of* 用完　　gas〔gæs〕*n.* 瓦斯；汽油（ = *gasoline*）
　　be out of gas 筋疲力盡
　　juice〔dʒus〕*n.* 果汁；汽油或電等能源
　　be out of juice 字面的意思是「沒有電了」，引申爲「筋疲
　　　力盡了」（ = *be out of gas*）。
　　be running on fumes 原本用來描述「電池或燃料被耗盡的
　　　情況」，沒有油時就會冒煙，在此引申爲「疲憊不堪」。
　　fume〔fjum〕*n.* 煙霧，須用複數，單數作「怒氣」解。

□ **658**. *I'm burned out*. 　　　　我筋疲力盡。
I have no energy left. 　　我沒有剩下任何精力了。
My tank is empty. 　　　我沒有體力了。

□ **659**. *It's not my day*. 　　　　我今天真倒楣。
Things are going badly. 　事情進展得不順利。
I'm having a bad day. 　　我今天真倒楣。

♣ 形容情況非常糟糕，可以說下面六句話

□ **660**. *It's a disaster*. 　　　　這真是一場災難。
It's a nightmare. 　　　　這真是一場惡夢。
It's a perfect storm. 　　糟到不能再糟了。

**

658. ***be burned out*** 筋疲力盡【就像蠟燭被燒光（burned out）一樣】
energy〔'ɛnɚdʒɪ〕*n.* 精力　　　left〔lɛft〕*adj.* 剩下的
My tank is empty. 字面的意思是「我的油箱空了。」也就是
　　「我沒有體力了。」　　tank〔tæŋk〕*n.* 油箱（= *gas tank*）

659. ***it's not one's day*** 某人今天真倒楣　　go〔go〕*v.* 進展
badly〔'bædlɪ〕*adv.* 很差地；很壞地
have a bad day 今天真倒楣

660. disaster〔dɪz'æstɚ〕*n.* 災難；重大的失敗
nightmare〔'naɪtˌmɛr〕*n.* 惡夢；非常悽慘的事
perfect〔'pɝfɪkt〕*adj.* 完美的；完全的

GAS

gas tank

perfect storm 字面的意思是「不折不扣的風暴」，指的是「（很多
　　糟糕的事情同時發生）糟到不能再糟的情況」（= *a combination
　　of things makes something much worse*）。
It's a perfect storm. = It's a severe problem.（這是個嚴重的問
　　題。）【severe〔sə'vɪr〕*adj.* 嚴重的】

□ **661.** *It's an awful situation.* | 情況很糟。
It could not be worse. | 非常糟。
It's everything bad at once! | 所有的壞事都同時發生了！

□ **662.** *Silly me.* | 我真愚蠢。
Foolish me. | 我真笨。
I was a fool. | 我是個傻瓜。

□ **663.** *You look worried.* | 你看起來很擔心。
Is anything wrong? | 有什麼事不對勁？
What's on your mind? | 你有什麼心事？

2.
表
達
感
覺

** ─────────────

661. awful〔'ɔfḷ〕*adj.* 可怕的；很糟的
situation〔͵sɪtʃʊ'eʃən〕*n.* 情況
It could not be worse. 字面的意思是「不可能更糟。」也就是「非常糟。」也可說成：It's the worst possible situation.
（這可能是最糟的情況了。）
at once ①立刻 ②同時
It's everything bad at once! = Every bad thing that could happen did happen!（所有可能發生的壞事都發生了！）

662. silly〔'sɪlɪ〕*adj.* 愚蠢的　　*Silly me.* = I was silly.
foolish〔'fulɪʃ〕*adj.* 愚蠢的　　*Foolish me.* = I was foolish.
fool〔ful〕*n.* 傻瓜

663. worried〔'wɝɪd〕*adj.* 擔心的　　wrong〔rɔŋ〕*adj.* 不對勁的
What's on your mind? 有兩個意思：①你有什麼心事？②你在想什麼？要看前後句意和實際情況，來決定是哪種意思。

□ 664. *I changed my mind*. | 我改變心意了。
I want to take it back. | 我想要收回所說的話。
I have reconsidered. | 我已經重新考慮了。

□ 665. *I have no clue*. | 我不知道。
It's lost on me. | 我不懂。
It's foreign to me. | 我覺得很陌生。

□ 666. *I'm confused*. | 我很困惑。
I don't get it. | 我不了解。
I'm all messed up. | 我非常困惑。

□ 667. *I'm undecided*. | 我還沒有決定。
I haven't decided yet. | 我還沒決定。
I'm still up in the air. | 我還沒決定。

2. 表達感覺

＊＊————————————

664. mind〔maɪnd〕*n.* 想法　　*change one's mind* 改變心意
take back 撤回；撤銷（以前說過的話等）
reconsider〔͵rikən'sɪdɚ〕*v.* 重新考慮

665. clue〔klu〕*n.* 線索　　*have no clue* 不知道
be lost on sb. 某人不明白
foreign〔'fɔrɪn〕*adj.* 外國的；陌生的＜*to*＞

666. confused〔kən'fjuzd〕*adj.* 困惑的　　*get it* 了解；明白
all〔ɔl〕*adv.* 完全；全然　　*messed up* 困惑的；迷惘的

667. undecided〔͵ʌndɪ'saɪdɪd〕*adj.* 未決定的
not…yet 尚未…；還沒…　　decide〔dɪ'saɪd〕*v.* 決定
up in the air 懸而未決（＝*not yet determined；uncertain*）

□ 668. *I'm not sure*.	我不確定。
I'm still on the fence.	我仍然還沒決定。
I haven't made up my mind.	我還沒下定決心。

□ 669. *I got you*.	我了解你的意思。
I get it.	我懂了。
I see your point.	我了解你的想法。

□ 670. *I'm in a jam*.	我有麻煩了。
I'm in a hot spot.	我慘了。
I'm stuck between a rock and a hard place.	我被困住了，不知道怎麼辦。

** ───────────

668. sure〔ʃʊr〕*adj.* 確定的   still〔stɪl〕*adv.* 仍然
fence〔fɛns〕*n.* 籬笆；圍牆   *on the fence* 騎牆；持觀望態度
make up one's *mind* 決定；下定決心

669. *I got you.*（= *I understand you.*）也可說成：I get you.（我了解你的意思。）I get it.（我懂了。）
see〔si〕*v.* 知道；了解   point〔pɔɪnt〕*n.* 想法；要點
I see your point. 也可說成：I understand what you are trying to say.（我知道你想要說什麼。）

670. jam〔dʒæm〕*n.* 原指「堵塞」，在此作「困境、窘境」解。
be in a hot spot 處境艱困（= *be in a troublesome situation*）
stick〔stɪk〕*v.* 困住
I'm stuck between a rock and a hard place.「我被困在岩石和堅硬的地方之間。」表示：①我的情況很困難。（= *I'm in a very difficult position.*） ②我很難做決定。（= *I'm facing a hard decision.*）

2.
表
達
感
覺

□ **671.** ***I hate mosquitoes.*** 　　　　我討厭蚊子。
　　 They really bother me. 　　　 它們眞的使我很困擾。
　　 They might bite me. 　　　　 它們可能會咬我。

♣ **覺得難過、沮喪，可以說下面六句話**

□ **672.** ***I'm so sad.*** 　　　　　　我好難過。
　　 I'm very depressed. 　　　　我非常沮喪。
　　 I'm feeling so blue. 　　　　我覺得好鬱悶。

□ **673.** ***I'm really down.*** 　　　　我眞的很沮喪。
　　 I'm feeling pain. 　　　　　我覺得很痛苦。
　　 I have a heavy heart. 　　　 我的心情很沈重。

□ **674.** ***No way.*** 　　　　　　　絕對不行。
　　 No can do. 　　　　　　　做不到。
　　 Can't do it. 　　　　　　　做不到。

** ──────────────

671. hate〔het〕*v.* 討厭　　mosquito〔mə'skito〕*n.* 蚊子
　　 bother〔'baðɚ〕*v.* 使困擾　　bite〔baɪt〕*v.* 咬

672. depressed〔dɪ'prɛst〕*adj.* 沮喪的
　　 blue〔blu〕*adj.* 憂鬱的；鬱悶的

mosquito

673. down〔daʊn〕*adj.* 沮喪的；低落的；消沈的
　　 feel〔fil〕*v.* 感覺；感受　　pain〔pen〕*n.* 痛苦
　　 heavy〔'hɛvɪ〕*adj.* 沈重的　　***a heavy heart*** 心情沈重

674. ***No way.*** 絕對不行；門都沒有。
　　 No can do. 做不到。(= *I can't do it.* = *It can't be done.*)
　　 Can't do it. 做不到。(= *I can't do it.*)

□ **675.** ***I can't help.***
　　There's nothing I can
　　　do.
　　My hands are tied.

我無法幫忙。
我無能爲力。

我無能爲力。

□ **676.** ***Poor thing.***
　　I feel sorry for it.
　　It's pitiful.

眞可憐。
我爲牠感到難過。
牠很可憐。

□ **677.** ***Thanks for the***
　　　heads-up.
　　I appreciate the
　　　warning.
　　It's better knowing
　　　beforehand.

謝謝你的警告。

我很感激你的警告。

事先知道比較好。

** ─────────────────

675. tie〔taɪ〕v. 綁
　　My hands are tied.「我的雙手被綁住了。」引申爲「我無能爲力。」
676. poor〔pur〕adj. 可憐的；不幸的
　　poor thing 可憐的人；可憐的傢伙；眞可憐
　　sorry〔'sɔrɪ〕adj. 難過的
　　pitiful〔'pɪtɪfəl〕adj. 可憐的；令人同情的
677. heads-up〔'hɛdz'ʌp〕n. 警告（= *warning*）
　　appreciate〔ə'priʃɪ,et〕v. 感激
　　warning〔'wɔrnɪŋ〕n. 警告
　　beforehand〔bɪ'for,hænd〕adv. 預先；事先（= *in advance*）

My hands are tied.

♣ **感謝對方幫忙，可以說下面六句話**

☐ **678.** *Thanks for your help.*　　　謝謝你的幫忙。
　　　I appreciate it.　　　　　　　我很感激。
　　　I'm very grateful.　　　　　　我非常感激。

☐ **679.** *I owe you one.*　　　　　　我欠你一次。
　　　I owe you something　　　　　我應該爲你做點好事。
　　　　nice.
　　　I won't forget it.　　　　　　我不會忘記的。

☐ **680.** *Don't rush me.*　　　　　　不要催我。
　　　Don't push me.　　　　　　　不要逼我。
　　　Don't pressure me.　　　　　　不要給我壓力。

☐ **681.** *It's not my thing.*　　　　　這不是我喜歡的。
　　　It's not my bag.　　　　　　　這不是我的愛好。
　　　I don't enjoy it.　　　　　　　我不喜歡這個。

***

**

678. thanks〔θæŋks〕*n. pl.* 感謝 < *for* >
　　appreciate〔əˋpriʃɪ͵et〕*v.* 感激　　grateful〔ˋgretfəl〕*adj.* 感激的
679. owe〔o〕*v.* 欠
　　I owe you one. ①我欠你一次。　②我非常感激你。
　　owe sb. sth. 應該爲某人做某事
680. rush〔rʌʃ〕*v.* 催促　　push〔puʃ〕*v.* 逼；迫使
　　pressure〔ˋprɛʃɚ〕*v.* 對…施加壓力
681. thing〔θɪŋ〕*n.* 東西；天生的能力或偏好；愛好
　　bag〔bæg〕*n.* 袋子；專長；愛好

3. 談情說愛
Talking About Love

用手機掃瞄聽錄音

☐ 682. ***Are you hitting on me?*** | 你在跟我搭訕嗎？
Are you flirting with me? | 你在跟我打情罵俏嗎？
Are you coming on to | 你在對我獻殷勤嗎？
me? |

☐ 683. ***Are you into me?*** | 你對我有興趣嗎？
Are you asking me out? | 你是在約我出去嗎？
Do you find me | 你覺得我很有吸引力
attractive? | 嗎？

☐ 684. ***I'm spoken for.*** | 我有約了。
I'm not available. | 我沒空。
I can't go out with you. | 我不能跟你出去。

3.
談
情
說
愛

** ───────

682. ***hit on*** *sb.* 跟某人搭訕　　flirt〔flɜt〕*v.* 打情罵俏；調情
come on to *sb.* 對某人獻殷勤
683. into〔'ɪntu〕*prep.* 有興趣；喜歡（= *interested in*）
ask *sb.* ***out*** 邀請某人外出（約會）
find〔faɪnd〕*v.* 發現；覺得
attractive〔ə'træktɪv〕*adj.* 吸引人的；有吸引力的
684. speak〔spik〕*v.* 預購；申請；預約　　***spoken for*** 事先預定的
available〔ə'veləbḷ〕*adj.* 有空的　　***go out with*** *sb.* 和某人出去

□ **685.** ***I'm yours.*** 　　　　　　　　我是你的。
　　　 I've fallen for you. 　　　　　我迷戀你。
　　　 I'm in love with you. 　　　我愛上你了。

□ **686.** ***You're an original.*** 　　　你是原版的創作。
　　　 You're one of a kind. 　　　你是獨一無二的。
　　　 With you, they broke the 　你非常特別。
　　　　 mold.
　　　【這三句話意思相同】

□ **687.** ***You complete me.*** 　　　　你使我的生命更完整。
　　　 You're everything to me. 　　你是我的一切。
　　　 You've captured my 　　　你已經擄獲了我的心。
　　　　 heart.

** ─────────────

685. ***fall for*** 對…傾心；迷戀　　***be in love with*** 愛上
686. original〔ə'rɪdʒən!〕*n.* 原作品；原物
　　You're an original. 也可說成：There is no one else like you.
　　　（沒有人像你一樣。）
　　kind〔kaɪnd〕*n.* 種類　　***one of a kind*** 獨一無二的；特別的
　　mold〔mold〕*n.* 模子　　***break the mold*** 打破常規
　　With you, they broke the mold. 字面的意思是「對於你，他們打
　　　破了模子。」造物者在製造你時，打破常規，也就是「你是獨
　　　一無二的；你非常特別。」(= You're unique. = You are special.)
687. complete〔kəm'plit〕*v.* 完成；使完整
　　everything〔'ɛvrɪ,θɪŋ〕*pron.* 一切；最重要的東西
　　capture〔'kæptʃɚ〕*v.* 逮捕；擄獲；獲得　　heart〔hɑrt〕*n.* 心

☐ **688.** *I treasure you*.　　　我珍惜你。
I admire you.　　　我很仰慕你。
You fill my heart.　　　你填滿了我的心。

☐ **689.** *You're all I can see*.　　　我的眼中只有你。
You're the light of my
　life.　　　你是我最心愛的人。
I can't live without you.　　　我不能沒有你。

☐ **690.** *You lift me up*.　　　你使我振作起來。
You boost my spirits.　　　你提振了我的精神。
You're my shot in the
　arm.　　　你激勵了我。

** ─────────────

688. treasure〔'trɛʒɚ〕*v.* 珍惜（ = *cherish* ）
admire〔əd'maɪr〕*v.* 讚美；欽佩；仰慕
fill〔fɪl〕*v.* 填滿　　heart〔hɑrt〕*n.* 心

689. light〔laɪt〕*n.* 光；光線　　*light of one's life* 最心愛的人
can't live without 不能沒有（ = *can't do without* ）

690. lift〔lɪft〕*v.* 提高；舉起
lift sb. up 使某人振奮；使某人振作精神
boost〔bust〕*v.* 提高；振作　　spirit〔'spɪrɪt〕*n.* 精神
boost one's spirits 提振某人的精神
shot〔ʃɑt〕*n.* 注射；打針　　arm〔ɑrm〕*n.* 手臂
shot in the arm ①在手臂上打一針 ②刺激、鼓勵的事物
You're my shot in the arm. 也可說成：You have a positive
　effect on me.（你對我有正面的影響。）

☐ **691.** *I'm wild about you.*   我爲你瘋狂。
         You rock my world.   你震撼了我的世界。
         You take my breath   你讓我神魂顛倒。
         away.

☐ **692.** *No one but you.*   除了你之外，沒有別人。
         It's just you.   就只有你。
         You're the only one.   你是唯一的一個。

☐ **693.** *I trust you.*   我信任你。
         I believe you.   我相信你。
         I'll give you the benefit   我寧可相信你一次。
         of the doubt.

3.
談情說愛

**─────────

691. wild〔waɪld〕*adj.* 瘋狂的   *be wild about* 對…瘋狂；迷戀
      rock〔rɑk〕*v.* 搖晃   breath〔brɛθ〕*n.* 呼吸
      take one's breath away 使某人激動得透不過氣來；(印象深刻
        或美麗的)令人目瞪口呆；令人大吃一驚
692. but〔bʌt〕*prep.* 除了…之外   just〔dʒʌst〕*adv.* 只
693. trust〔trʌst〕*v.* 信任   believe〔bɪˈliv〕*v.* 相信
      benefit〔ˈbɛnəfɪt〕*n.* 好處；利益
      doubt〔daʊt〕*n.* 懷疑；不相信
      give sb. the benefit of the doubt 字面的意思是「把對某人的懷
        疑作善意的解釋」，也就是你在對某人產生懷疑時，因爲沒有
        足夠的證據，因此仍決定相信對方的清白，可引申爲「寧願
        放過也不願錯殺」、「姑且相信」、「這次就先放某人一馬」、「寧
        可相信某人一次」。

□ **694**. *You look stunning.*　妳看起來很迷人。
You look dazzling.　妳看起來非常耀眼。
You're so beautiful.　妳如此美麗。

□ **695**. *Be charming.*　要非常迷人。
Wine and dine her.　要請她喝酒吃飯。
Sweep her off her feet.　要令她神魂顛倒。

□ **696**. *I love you.*　我愛你。
I cherish you.　我珍惜你。
I adore you.　我非常喜歡你。

** ────────────

694. stunning〔'stʌnɪŋ〕*adj.* 極漂亮的；極迷人的
dazzling〔'dæzlɪŋ〕*adj.* 令人目眩的；耀眼的
so〔so〕*adv.* 非常；如此地

695. charming〔'tʃɑrmɪŋ〕*adj.* 迷人的；有魅力的
wine〔waɪn〕*v.* 用葡萄酒款待
dine〔daɪn〕*v.* 宴請；招待（某人）吃飯
wine and dine（在餐廳等）用酒飯款待（某人）
Wine and dine her. 也可說成：Take her out and treat her
well.（帶她出去，好好招待她。）
sweep〔swip〕*v.* 橫掃
sweep sb. off sb's feet ①使某人站不住腳 ②使某人迷得神魂
顛倒（= *impress sb.*）

wine

696. cherish〔'tʃɛrɪʃ〕*v.* 珍惜　　adore〔ə'dor〕*v.* 非常喜愛

□ **697.** ***Don't run away.*** | 不要逃跑。
　　　Don't abandon me. | 不要拋棄我。
　　　Don't leave me alone. | 不要不理我。

□ **698.** ***It was painful.*** | 它使人很痛苦。
　　　It hurt my feelings. | 它傷害了我的感情。
　　　It was like a knife in | 它就像是一把刀插在心上。
　　　　the heart.

【聽到難聽的話，可說這三句話】

□ **699.** ***I'm over you.*** | 我不再想你了。
　　　We're through. | 我們結束了。
　　　I don't love you | 我不再愛你了。
　　　　anymore.

3.
談情說愛

** ———————————

697. ***run away*** 逃跑　　abandon〔ə'bændən〕v. 拋棄
　　alone〔ə'lon〕adj. 獨自的；單獨的
　　leave *sb.* ***alone*** 不理會某人
698. painful〔'penfəl〕adj. 使人痛苦的
　　It was painful. 在此等於 The words hurt.（那些話很傷人。）
　　【hurt〔hɝt〕v. 傷害；傷害人的感情】
　　feelings〔'filɪŋz〕n. pl. 感情
　　knife〔naɪf〕n. 刀子　　heart〔hɑrt〕n. 心
699. over〔'ovɚ〕prep. 從…的影響下恢復過來
　　be over you 不再想你
　　through〔θru〕adv. 結束；斷絕關係
　　not…anymore 不再…

knife

□ **700.** ***My heart is broken.*** 　　　　我的心碎了。
　　　You broke my heart. 　　　　你令我心碎。
　　　You hurt my feelings. 　　　你傷害了我的感情。

□ **701.** ***She ignored me.*** 　　　　她不理我。
　　　She avoided me. 　　　　她迴避我。
　　　She gave me the cold 　　她對我很冷淡。
　　　　shoulder.

□ **702.** ***It's stuck in my head.*** 　　它已經印在我的腦海裡。
　　　I'll never forget it. 　　　我永遠不會忘記。
　　　I'll always keep it in 　　我會永遠銘記在心。
　　　　mind.

**

700. heart〔hɑrt〕*n.* 心　　　broken〔'brokən〕*adj.* 破碎的
　　　break〔brek〕*v.* 使破碎　　***break** one's **heart*** 使某人心碎
　　　hurt〔hɝt〕*v.* 傷害　　　feelings〔'filɪŋz〕*n. pl.* 感情
701. ignore〔ɪg'nor〕*v.* 忽視；不理
　　　She ignored me. 也可說成：She turned her back on me.
　　　　字面的意思是「她轉身背向我。」也就是「她不理我。」
　　　avoid〔ə'vɔɪd〕*v.* 避免；避開；迴避
　　　shoulder〔'ʃoldɚ〕*n.* 肩膀　　***cold shoulder*** 冷淡的對待；冷落
　　　give** sb. **the cold shoulder 對某人很冷淡；冷落某人
　　　　(= *ignore sb.*)
702. stick〔stɪk〕*v.* 刺；黏貼；固定住
　　　be stuck in** one's **head 銘記在腦海 (= *remain in* one's *thinking*)
　　　keep** sth. **in mind 把某事牢記在心

□ 703. ***Don't mind me***.　　　　　　不要顧慮我。

Don't worry about me.　　　不要擔心我。

Do your own thing.　　　　做你自己的事。

□ 704. ***Keep dating***.　　　　　　要持續約會。

Play the field.　　　　　　要和很多異性朋友交往。

Someday you'll find　　　總有一天你會找到對的人！
　　the one!

** ─────────────────

703. mind〔maɪnd〕*v.* 介意；顧慮　　　worry〔'wɝɪ〕*v.* 擔心
worry about 擔心　　own〔on〕*adj.* 自己的
Do your own thing. = Do anything you normally like to do.
= Do whatever you like to do. = Do what interests you.
= Do as you please.
　　【normally〔'nɔrmlɪ〕*adv.* 通常　　interest〔'ɪntrɪst〕*v.* 使感興趣
　　please〔pliz〕*v.* 喜歡；想做】

704. ***keep + V-ing*** 持續…　　　date〔det〕*v.* 約會
field〔fild〕*n.* 田野；（賽馬場的）全部馬匹
play the field ①（賽馬中）廣下賭注　②在廣泛的領域中活動
　　③與很多異性朋友交往（ = *date many people* ）
　　【date〔det〕*v.* 和…約會】
someday〔'sʌm,de〕*adv.* 將來有一天
the one 在此指 your perfect match（你理想的另一半）、your
　　future partner（你未來的伴侶），或 the one you will marry
　　（你的結婚對象）。【match〔mætʃ〕*n.*（合適的）配偶
　　partner〔'pɑrtnɚ〕*n.* 夥伴；配偶】

4. 讚美別人
Complimenting Others

用手機掃瞄聽錄音

☐ **705.** *Your English rocks.*　　　　你的英文很棒。
Your English is awesome.　　你的英文很棒。
I'm so amazed by you.　　　你使我非常驚訝。

☐ **706.** *You look fantastic.*　　　　你看起來很棒。
You're looking younger.　　你看起來更年輕了。
What's going on with
　you?　　　　　　　　　　你發生了什麼事？

☐ **707.** *You look great.*　　　　　你看起來很棒。
You're looking good.　　　你看起來很好。
You haven't changed a
　bit.　　　　　　　　　　你一點都沒變。

4. 讚美別人

**
705. rock〔rɑk〕n. 岩石　v. 搖動；演奏搖滾樂；很強；很棒
　　　｛ be amazed by + 人
　　　　be amazed at + 事物
　　I'm amazed at you.【誤】
706. look〔luk〕v. 看起來　　fantastic〔fæn'tæstɪk〕adj. 很棒的
　　young〔jʌŋ〕adj. 年輕的　　*be going on* 發生
707. great〔gret〕adj. 很棒的　　change〔tʃendʒ〕v. 改變
　　a bit 一點（= *a little*）

☐ **708.** ***You've aged well.*** 你沒怎麼變老。
You look much younger. 你看起來年輕很多。
You don't look your age 你看起來一點都不像你
at all. 實際的年紀。

☐ **709.** ***You are truly amazing.*** 你太厲害了。
You take such good care 你把自己照顧得很好。
of yourself.
You don't look a day 你看起來不超過21歲。
over 21.

☐ **710.** ***You're clever.*** 你很聰明。
You're intelligent. 你很聰明。
You're very bright. 你非常聰明。

＊＊────────────

708. age〔edʒ〕*v.* 變老
age well 沒怎麼變老（= *still look attractive or young*）
You've aged well. 可說成：You've aged so well. 或 You've
aged really well. ***much younger*** 年輕很多
not…at all 一點也不 ***look*** *one's* ***age*** 容貌與年齡相稱

709. truly〔'trulɪ〕*adv.* 真地 amazing〔ə'mezɪŋ〕*adj.* 令人吃驚的
take care of 照顧 such〔sʌtʃ〕*adj.* 如此地；非常地
take such good care of 把…照顧得很好
don't look a day over 看起來不超過…歲

710. clever〔'klɛvɚ〕*adj.* 聰明的
intelligent〔ɪn'tɛlədʒənt〕*adj.* 聰明的
bright〔braɪt〕*adj.* 聰明的

4.
讚
美
別
人

□ 711. ***You're smart.***　　　　　　　你很聰明。
　　　　You're wise.　　　　　　　　你很有智慧。
　　　　You've got a good head　　　你頭腦很好。
　　　　　　on your shoulders.

□ 712. ***I'm betting on you.***　　　　我相信你的能力。
　　　　I'm counting on you.　　　　　我要依靠你了。
　　　　I feel you are reliable.　　　　我覺得你很可靠。

□ 713. ***You're alert.***　　　　　　　你注意力集中。
　　　　You're on the ball.　　　　　　你很專心把事情做好。
　　　　You're really paying　　　　　你真的很專心。
　　　　　　attention.

**────────────

711. smart〔smɑrt〕*adj.* 聰明的
　　　wise〔waɪz〕*adj.* 聰明的；有智慧的
　　　head〔hɛd〕*n.* 頭；頭腦　　shoulders〔'ʃoldɚz〕*n. pl.* 肩膀
　　　have (got) a good head on *one's* ***shoulders*** 有頭腦；精明；
　　　　有見識
712. bet〔bɛt〕*v.* 下賭注
　　　bet on *sb.* 相信某人的能力（ = *have confidence in one's abilities*）
　　　count on 依賴；指望（ = *depend on*）
　　　reliable〔rɪ'laɪəbḷ〕*adj.* 可靠的；可信賴的
713. alert〔ə'lɝt〕*adj.* 有警覺的；專心的
　　　on the ball 專心把事情做好（ = *paying attention and doing things*
　　　　well）　　really〔'rɪəlɪ〕*adv.* 真地
　　　attention〔ə'tɛnʃən〕*n.* 注意（力）；專心　　***pay attention*** 專心

☐ **714.** *She's a sharp cookie.*   她非常聰明。

    She's as good as it gets.   她非常好。

    She's a role model for   她是很多人的榜樣。

      many.

☐ **715.** *She's my go-to person.*   她是我必找的人。

    She's the one I turn to.   她是我依賴的人。

    She's my number one   她是我的頭號幫手。

      helper.

**─────────────

714.
sharp〔ʃɑrp〕*adj.* 敏銳的;聰明的(= *smart*)

cookie〔'kukɪ〕*n.* 餅乾;人(= *person*)

sharp cookie 聰明的人(= *smart cookie*)

She's a sharp cookie. = She's bright. = She's smart.
= She's intelligent.

as good as it gets 字面的意思是「最好的情況就是這樣了;
　　不可能更好了」,也就是「非常好」。

She's as good as it gets. = She's excellent.

role model 榜樣;模範

many 在此指 many people(很多人)。

715.
go-to person (解決問題或做事情)必找的人(= *someone sb.*
　　turns to)

She's my go-to person. 源自 When I need help, I go to her.
　　She is the person/one I go/turn to.

turn to sb. 轉向某人;依賴某人;向某人求助

number one 第一的;最好的

helper〔'hɛlpɚ〕*n.* 幫手;助手

4.
讚
美
別
人

□ 716. *Well said.*　　　　　　　說得好。
　　　Well put.　　　　　　　說得好。
　　　Words of wisdom.　　　是充滿智慧的話。
　　　【稱讚別人說的話，可用這三個句子】

□ 717. *You're up on things.*　　你很了解情況。
　　　You're in the know.　　你熟悉內幕消息。
　　　You follow all the　　　你會密切注意所有最新的
　　　　latest news.　　　　　消息。

□ 718. *You're terrific.*　　　　你很棒。
　　　You're tremendous.　　你很棒。
　　　I'm so impressed by　　我非常佩服你。
　　　　you.

＊＊─────────────

716. *Well said.* 源自 It was well said.　　put〔pʊt〕v. 說
　　Well put. 源自 It was well put.
　　Well said. 說得好。(= *Well put.* = *Nicely said.* = *Nicely put.*)
　　words〔wɝdz〕n. pl. 言詞；話　　wisdom〔'wɪzdəm〕n. 智慧
　　Words of wisdom. 源自 They were words of wisdom.
717. *be up on* 熟悉；對…瞭如指掌 (= *know a lot about something*)
　　things〔θɪŋz〕n. pl. 情況　　*in the know* 知情；知道內幕
　　follow〔'falo〕v. 密切注意　　latest〔'letɪst〕adj. 最新的
　　news〔njuz〕n. 新聞；消息
718. terrific〔tə'rɪfɪk〕adj. 很棒的
　　tremendous〔trɪ'mɛndəs〕adj. 巨大的；極好的；很棒的
　　impress〔ɪm'prɛs〕v. 使印象深刻；使欽佩

□ **719. *That's good advice*.**   那是很好的建議。

     You have common
     sense.   你的常識很豐富。

     You're very much in
     the know.   你很熟悉內幕消息。

□ **720. *I'm proud of you*.**   我以你爲榮。

     You do quality work.   你做得很好。

     I brag about you to my
     friends.   我會向我的朋友吹噓你的事。

□ **721. *You did a good job*.**   你做得很好。

     You were very
     professional.   你非常專業。

     People like you are
     hard to find.   像你這種人很少見。

4.
讚
美
別
人

**————————

719. advice〔əd'vaɪs〕*n.* 勸告；建議   ***common sense*** 常識
     in the know 了解內情；知道內幕
720. proud〔praud〕*adj.* 驕傲的；感到光榮的
     be proud of 以⋯爲榮   quality〔'kwɑlətɪ〕*adj.* 品質好的
     do quality work 做得很好（= *do great work* = *do a good job*）
     brag〔bræg〕*v.* 誇耀；吹噓 < *about*；*of* >
721. ***do a good job*** 做得好
     professional〔prə'fɛʃənḷ〕*adj.* 專業的
     like〔laɪk〕*prep.* 像   hard〔hɑrd〕*adj.* 困難的

♣ 稱讚別人很有趣，可以說下面六句話

□ 722. *You're funny*.　　　　　　你很好笑。
You're humorous.　　　　　你很幽默。
You crack me up.　　　　　你笑死我了。

□ 723. *You're loads of fun*.　　　你真有趣。
I enjoy your company.　　　我很喜歡和你在一起。
Join me whenever you　　　只要你可以，都和我一
can.　　　　　　　　　　起。

□ 724. *Nothing is better*.　　　　沒有更好的了。
Nothing beats it.　　　　　沒有比它好的。
Nothing compares to it.　　沒有比得上它的。

** ────────────

722. funny〔'fʌnɪ〕*adj.* 好笑的　　humorous〔'hjumərəs〕*adj.* 幽默的
crack〔kræk〕*v.* 敲破；打碎；說（笑話）
crack sb. up 使某人捧腹大笑
You crack me up. = You make me laugh so hard.

723. load〔lod〕*n.* 裝載；負荷　　*loads of* 很多的；大量的
be fun 很有趣　　*You're loads of fun*. = You're a lot of fun.
enjoy〔ɪn'dʒɔɪ〕*v.* 喜歡　　company〔'kʌmpənɪ〕*n.* 陪伴
join〔dʒɔɪn〕*v.* 加入；和（某人）在一起
whenever〔hwɛn'ɛvɚ〕*conj.* 無論何時只要；每當

724. beat〔bit〕*v.* 打敗；勝過
compare〔kəm'pɛr〕*v.* 比較；比得上
Nothing is better. 沒有更好的了；它是最好的。
= It's the very best. = It's the top of the line.
= It's the best of the best.

☐ 725. *You're wonderful.*　　　　你很棒。
You made me feel　　　　你使我覺得很愉快。
　　cheerful.
I'm thankful and　　　　我非常感激。
　　grateful.

☐ 726. *It's practical.*　　　　這很實際。
It's a logical choice.　　　這是個合理的選擇。
We might as well do it.　　我們不妨去做。

☐ 727. *That's good to know.*　　知道這件事很高興。
That might be helpful.　　　那也許有幫助。
You never know.　　　　　你不曉得何時有用。

——

4.
讚
美
別
人

725. wonderful (ˈwʌndəfəl) *adj.* 很棒的
cheerful (ˈtʃɪrfəl) *adj.* 快樂的
thankful (ˈθæŋkfəl) *adj.* 感謝的
grateful (ˈgretfəl) *adj.* 感激的
三句話背了四個 ful 結尾的重要單字，說出來很幽默。
726. practical (ˈpræktɪkl̩) *adj.* 實際的
logical (ˈlɑdʒɪkl̩) *adj.* (合) 邏輯的；合理的
choice (tʃɔɪs) *n.* 選擇
might as well 不妨；最好 (= *had better*)【表建議】
727. helpful (ˈhɛlpfəl) *adj.* 有幫助的；有用的
You never know. 在這裡的意思是 You never know when it
might come in handy. (你永遠不知道何時用得上。)
　　【 *come in handy* 有用 (= *be useful*)】

□ **728.** *Nice picture!* ┊ 很好看的照片！

　　　 Great photo! ┊ 很棒的照片！

　　　 It's worth a thousand ┊ 一張照片勝過千言萬語。
　　　 words.

□ **729.** *Nice family.* ┊ 美好的家庭。

　　　 Cute kids. ┊ 可愛的小孩。

　　　 You're very lucky. ┊ 你很幸運。

□ **730.** *How cute!* ┊ 多麼可愛！

　　　 How lovely! ┊ 多麼可愛！

　　　 That baby is simply ┊ 那小孩實在可愛。
　　　 adorable.

【稱讚小孩可愛，可用上面三句話】

※※ ──────────

728. nice〔naɪs〕*adj.* 好的　　picture〔'pɪktʃɚ〕*n.* 照片
photo〔'foto〕*n.* 照片（= *photograph*)
worth〔wɝθ〕*adj.* 值…的　　thousand〔'θaʊznd〕*n.* 千
words〔wɝdz〕*n. pl.* 話；言語

729. cute〔kjut〕*adj.* 可愛的　　kid〔kɪd〕*n.* 小孩
lucky〔'lʌkɪ〕*adj.* 幸運的

730. how〔haʊ〕*adv.* 多麼地　　lovely〔'lʌvlɪ〕*adj.* 可愛的
simply〔'sɪmplɪ〕*adv.* 實在　　adorable〔ə'dorəbl̩〕*adj.* 可愛的
simply 在口語中，作「實在」講。如果是男孩或女孩，你就可
以說 He's 或 She's simply adorable. 如果你看不出性別，寧
可犯錯，也不要用：*It's* simply adorable. 因為 it 通常指東西
或動物。

☐ **731.** *North, south, east, or* ｜ 走遍東南西北，你最棒。
west, you are the best.

【「東西南北」或「東南西北」是中文的順序，和英文不同】

☐ **732.** *Now you're talking.* ｜ 這才對嘛。
That sounds good. ｜ 聽起來不錯。
I like what I hear. ｜ 這才是我愛聽的。

♣ 表示一切都很好，可以說下面六句話

☐ **733.** *So far, so good.* ｜ 到目前為止還好。
All is going well. ｜ 一切都很順利。
All right, so far. ｜ 到目前為止還不錯。

☐ **734.** *All is well.* ｜ 一切都很好。
I'm doing fine. ｜ 我很好。
Couldn't be better. ｜ 非常好。

4. 讚美別人

**

731. north〔nɔrθ〕*n.* 北方　　south〔sauθ〕*n.* 南方
east〔ist〕*n.* 東方　　west〔wɛst〕*n.* 西方
732. *Now you're talking.* 這才對嘛；這才像話。
I like what I hear. = That's what I like to hear.
733. *so far* 到目前為止　　*So far, so good.* 到目前為止還好。
go〔go〕*v.* 進行；進展　　*all right* 不錯；還可以；很好的
734. well〔wɛl〕*adj.* 令人滿意的；正好的
All is well. = Everything is fine.（一切都很好。）
do〔du〕*v.* 進展　　fine〔faɪn〕*adv.* 很好地
Couldn't be better.「不可能更好。」也就是「非常好。」在此
等於 I couldn't be better. 或 It couldn't be better.

□ **735.** *We are best friends.*　我們是最好的朋友。
　　　 We are super close.　我們非常親密。
　　　 We are as thick as　我們很親密。
　　　　　 thieves.

□ **736.** *We hit it off right from*　我們從一開始就合得來。
　　　　 the start.
　　　 We became fast friends.　我們成爲好朋友。
　　　 You're my kind of　我喜歡你這樣的人。
　　　　　 person.

**　　＊＊**

735. super〔'supɚ〕*adv.* 非常；超　　close〔klos〕*adj.* 親密的
　　　thick〔θɪk〕*adj.* 厚的；濃的；親密的
　　　thief〔θif〕*n.* 小偷【複數形是 thieves〔θivz〕】
　　　(*as*) *thick as thieves* 很親密
736. *hit it off* 合得來　　*from the start* 一開始
　　　right 在此作「就」講，是副詞，用來加強語氣。
　　　fast friend 指「忠實、可靠的朋友」，fast 作「忠實的、可靠的」
　　　解。
　　　第三句，如果男人對男人，一般說成：You're my kind of guy.
　　　one's kind of 某人喜歡的類型（= *a type that one likes*）
　　　You're my kind of person. 字面的意思是「你是我這類型的人。」
　　　引申爲「我喜歡你這樣的人。」例如：It's my kind of place.
　　　（這是我喜歡的地方。）It's my kind of music.（我喜歡這個
　　　音樂。）

4.
讚
美
別
人

5. 負面評論
Negative Comments

用手機掃瞄聽錄音

□ **737.** ***He's a real pain.***　　　　　他眞是討厭的人。
He's too much trouble.　　　　他很麻煩。
He's a monkey on my　　　　他是我的一種負擔。
　　back.

□ **738.** ***He's dead weight.***　　　　　他眞是沈重的負擔。
He's of no help.　　　　　　他沒有用處。
He's of no use to us.　　　　他對我們沒有用。

□ **739.** ***He tries to help.***　　　　　他想要幫忙。
He wants to help.　　　　　他想要幫忙。
But he only makes　　　　但是他只會使事情變得更
　　matters worse.　　　　　糟。

** ————————

737. pain〔pen〕*n.* 痛苦【在此當「討厭的人」解】
　　trouble〔'trʌbl̩〕*n.* 麻煩；煩惱【如當可數名詞，指「煩惱的事」】
　　a monkey on *one's **back*** 難題；無法承受的負擔
　　　(= *a problem which is very difficult to solve*)

738. dead〔dɛd〕*adj.* 沒用的；全然的　　weight〔wet〕*n.* 重量
　　dead weight 累贅；沈重的負擔 (= *deadweight*)【加不加冠詞 a
　　　都可以，但美國人口語中，都是不加的】
　　be of no help 沒有用　　***be of no use*** 沒有用

739. matter〔'mætɚ〕*n.* 事情　　worse〔wɝs〕*adj.* 更糟的

□ **740**. *He has no ability*.　　　他沒有能力。
　　He's not competent.　　　他沒有能力。
　　He can't handle the　　　他無法勝任這個工作。
　　　job.

□ **741**. *He was rude*.　　　他很沒禮貌。
　　He behaved badly.　　　他行爲不當。
　　He was out of line.　　　他太過分了。

□ **742**. *He seldom changes*.　　　他很少改變。
　　He can't be persuaded.　　　他無法被說服。
　　He's as stubborn as a　　　他非常固執。
　　　mule.

**

740. ability〔ə'bɪlətɪ〕*n.* 能力
　　competent〔'kɑmpətənt〕*adj.* 能幹的；有能力的
　　handle〔'hænd!〕*v.* 處理　　job〔dʒɑb〕*n.* 工作
741. rude〔rud〕*adj.* 粗魯的；無禮的
　　behave〔bɪ'hev〕*v.* 行爲；舉止
　　behave badly 不守規矩；行爲不當
　　out of line ①不一致的；不宜的 ②舉止失當的；過分的
　　He was out of line. = He was rude.
742. persuade〔pɚ'swed〕*v.* 說服
　　stubborn〔'stʌbɚn〕*adj.* 固執的
　　mule〔mjul〕*n.* 騾子【雄驢和雌馬交配所生的】
　　as stubborn as a mule 像騾子一樣固執；
　　　非常固執（= *as stubborn as a donkey*）
　　　【donkey〔'dɑŋkɪ〕*n.* 驢子】

stubborn

□ **743.** *He's a paper tiger.*   他是個紙老虎。

    He's a hollow man.   他是個外強中乾的人。

    He's just a figurehead.   他只是個有名無實的領袖。

□ **744.** *He's childish.*   他很幼稚。

    He's not mature.   他還不成熟。

    He's not a grown-up.   他還沒長大。

【形容某人很幼稚，可以用這三句話】

□ **745.** *He lives like a speeding car.*   他的生活步調像是在開快車。

    He's always moving fast.   他的動作總是很快。

    He lives life in the fast lane.   他過著忙碌而快節奏的生活。

** ────────────

743. *paper tiger* 紙老虎（外強中乾的人或事物）

hollow〔ˋhɑlo〕*adj.* 中空的；空洞的；虛偽的；無價值的

He's a hollow man. = He's a paper tiger.

figurehead〔ˋfɪgjaˏhɛd〕*n.* 有名無實的領袖

744. childish〔ˋtʃaɪldɪʃ〕*adj.* 幼稚的

mature〔məˋtʃʊr〕*adj.* 成熟的

grown-up〔ˋgronˏʌp〕*n.* 成人   *adj.* 成年的；成人的

745. speeding〔ˋspidɪŋ〕*adj.* 快速行駛的；疾馳的

move〔muv〕*v.* 移動   live〔lɪv〕*v.* 過著（…生活）

lane〔len〕*n.* 車道   *fast lane* 快車道

life in the fast lane 競爭激烈，忙碌而快節奏的生活方式

5.
負面評論

□ 746. ***He's difficult to deal with***.　　　他很難應付。

He's not easy to know.　　　他很難了解。

He's a hard nut to crack.　　　他是個很難了解的人。

□ 747. ***He's talkative.***　　　他很喜歡說話。

He's a chatterbox.　　　他總是說個不停。

He has the gift of gab.　　　他的口才很好。

** ────────────

746. *deal with* 應付；處理

He's difficult to deal with. 也可說成：It's difficult to deal with him.

He's not easy to know. 也可說成：It's not easy to know him. 或 It's hard to know him.【hard〔hɑrd〕*adj.* 困難的；堅硬的】

nut〔nʌt〕*n.* 堅果　　crack〔kræk〕*v.* 敲破；打碎

a hard nut to crack 字面的意思是「很硬、很難敲破的堅果」，引申為「很難對付的人；很難了解的人」。

He's a hard nut to crack. 也可說成：It's difficult to understand him.（他很難了解。）

747. talkative〔'tɔkətɪv〕*adj.* 喜歡說話的；多嘴的

chatterbox〔'tʃætɚˌbɑks〕*n.* 喋喋不休的人（= *chatterer* = *a talkative person*）【chatter *v.* 喋喋不休】

He's a chatterbox. 也可說成：He loves to chat.（他很愛聊天。）或 He talks a lot.（他話很多。）

gift〔gɪft〕*n.* 天賦；才能　　gab〔gæb〕*n.* 饒舌；喋喋不休

the gift of gab 口才；雄辯之才（= *the gift of the gab*）

He has the gift of gab. = He speaks well.

☐ **748.** *He's a dreamer*.　　　　　他只會空想。
He's always　　　　　　　他總是在做白日夢。
　　daydreaming.
His head is in the　　　　　他會胡思亂想。
　　clouds.

☐ **749.** *He stole my thunder*.　　他竊取我的想法。
He stole the spotlight.　　他搶了我的風頭。
He got credit he didn't　　他得到不應該得到的
　　deserve.　　　　　　　　榮譽。

☐ **750.** *That's nonsense*.　　　　那真是胡說八道。
That's ridiculous.　　　　那真是荒謬。
You expect me to　　　　你指望我相信嗎？
　　believe that?

＊＊――――――――――――――――

748. dreamer〔'drimɚ〕*n.* 做夢的人；夢想家；空想家
　　daydream〔'de,drim〕*v.* 做白日夢
　　cloud〔klaʊd〕*n.* 雲　　*head in the clouds* 胡思亂想
749. steal〔stil〕*v.* 偷　　thunder〔'θʌndɚ〕*n.* 雷
　　steal one's thunder 竊取某人的想法；搶某人的風頭
　　spotlight〔'spɑt,laɪt〕*n.* 聚光燈；（眾人的）矚目；注意力
　　steal the spotlight 搶鏡頭；搶風頭
　　credit〔'krɛdɪt〕*n.* 榮譽；稱讚；功勞　　deserve〔dɪ'zɝv〕*v.* 應得
750. nonsense〔'nɑnsɛns〕*n.* 胡說；廢話
　　ridiculous〔rɪ'dɪkjələs〕*adj.* 荒謬的；可笑的
　　expect〔ɪk'spɛkt〕*v.* 預期；期待

5.
負
面
評
論

□ **751.** *I'm not a child!* 　　　　　　　我不是小孩！
　　　 I'm not a newborn! 　　　　　　我不是新生兒！
　　　 I'm not a babe in the 　　　　　我不是幼稚盲從的人！
　　　　 woods!

□ **752.** *Don't give me that.* 　　　　　少跟我來這一套。
　　　 Don't B.S. me. 　　　　　　　　不要唬弄我。
　　　 I don't want to hear it. 　　　　我不想聽。

□ **753.** *He made up a story.* 　　　　他在編故事。
　　　 He told me a lie. 　　　　　　　他對我說謊。
　　　 He tried to pull the 　　　　　　他想要矇騙我。
　　　　 wool over my eyes.

** ────────────────

751. child〔tʃaɪld〕*n.* 小孩　　　newborn〔'nju‚bɔrn〕*n.* 新生兒
　　　 babe〔beb〕*n.* 嬰兒；天真幼稚的人；易受騙的人
　　　 woods〔wʊdz〕*n. pl.* 森林
　　　 a babe in the woods 幼稚盲從的人；無經驗而易受騙的人

752. *Don't give me that.* 字面的意思是「不要給我那個。」也就是
　　　　「少跟我來這一套。」表示不相信的意思。
　　　 B.S. = bullshit〔'bʊl‚ʃɪt〕*n.* 胡說　*v.* 哄騙
　　　 Don't B.S. me. = Don't lie to me.

753. *make up* 編造；捏造　　　lie〔laɪ〕*n.* 謊言　*v.* 說謊
　　　 tell sb. a lie 對某人說謊　　　pull〔pʊl〕*v.* 拉
　　　 wool〔wʊl〕*n.* 羊毛；毛料
　　　 pull the wool over one's eyes 矇騙某人

□ **754.** ***He tried to con me.***　　　他想要騙我。
　　　He tried to trick me.　　　他想要欺騙我。
　　　He covered it up.　　　他隱瞞事實眞相。

□ **755.** ***You know it.***　　　你知道。
　　　I know it.　　　我知道。
　　　It's an open secret.　　　這是公開的祕密。

□ **756.** ***There you go again.***　　　你又來這一套了。
　　　You're doing it again.　　　你又來了。
　　　It's always the same　　　總是同樣的事。
　　　　thing.

【抱怨對方老毛病又犯了，可以説上面三句話】

□ **757.** ***Trust me.***　　　信任我。
　　　Try and you'll see.　　　試試看，你就知道了。
　　　Don't doubt me.　　　不要不相信我。

** ─────────────

754. ***try to V.*** 試圖…；想要…　　con〔kɑn〕v. 欺騙；詐騙
　　trick〔trɪk〕v. 欺騙　　***cover up*** 掩蓋；隱瞞（事實眞相）
755. open〔'opən〕adj. 公開的　　secret〔'sikrɪt〕n. 祕密
756. ***There you go again.*** 你又來了；你又做了你之前做過的事；
　　你老毛病又犯了。(= ***You're doing it again.***)
　　same〔sem〕adj. 相同的
757. trust〔trʌst〕v. 信任　　see〔si〕v. 看見；知道；了解
　　doubt〔daʊt〕v. 懷疑；不相信

5. 負面評論

☐ **758.** *I know how you feel*.　　我知道你的感受。
I can see it in your
eyes.　　　　　　　　　　我可以從你的眼中看出來。
It's written all over　　全寫在你的臉上了。
your face.

☐ **759.** *Stop teasing*.　　　　不要再取笑。
Don't rub it in.　　　　不要反覆地講。
Don't make it worse.　　不要讓事情變得更糟。

☐ **760.** *You missed the boat*.　你錯失良機。
You missed the　　　　你錯過機會。
chance.
It's over and done　　已經結束了。
with.

** ─────────────

758. *It's written all over your face*. 字面的意思是「它完全寫在你的臉上。」指的是「你的情緒非常明顯。」(= *It's obvious from the expression on your face*.)【obvious〔ˈɑbvɪəs〕*adj.* 明顯的 expression〔ɪkˈsprɛʃən〕*n.* 表情】

759. tease〔tiz〕*v.* 取笑；挪揄；戲弄　　rub〔rʌb〕*v.* 摩擦 *rub it in* （惡意地）把教訓、別人的失敗等反覆地講 worse〔wɝs〕*adj.* 更糟的

760. miss〔mɪs〕*v.* 錯過　　*miss the boat* 錯過機會；錯失良機 chance〔tʃæns〕*n.* 機會　　*over and done with* 已經結束

♣ 要對方不要再說了，可以說下面九句話

□ 761. ***Save your breath***.　　你不要白費唇舌。
　　Hold your tongue.　　要保持沈默。
　　Shut your mouth.　　閉上你的嘴。

□ 762. ***Zip it up!***　　閉嘴！
　　Zip your lip!　　閉嘴！
　　Stop talking!　　不要再說了！

□ 763. ***Say no more***.　　不要再說了。
　　That's the end of it.　　到此為止。
　　Just leave it at that.　　到此為止。

＊＊

761. save〔sev〕*v.* 節省　　breath〔brεθ〕*n.* 呼吸
　　save one's breath 不白費唇舌；沈默
　　hold〔hold〕*v.* 使不動；不發（言語、聲音）
　　tongue〔tʌŋ〕*n.* 舌頭
　　hold one's tongue 保持沈默；住口；別吵
　　shut〔ʃʌt〕*v.* 關；閉
　　mouth〔mauθ〕*n.* 嘴巴

zip it up

762. zip〔zɪp〕*v.* 把…的拉鏈拉上
　　Zip it up! 也可說成：Zip your mouth up!（閉嘴！）
　　　　或 Zip your lips up!（閉嘴！）
　　lip〔lɪp〕*n.* 嘴唇
　　Zip your lip! 也可說成：Zip your lips!（閉嘴！）

763. ***no more*** 不再　　end〔εnd〕*n.* 結束
　　leave it at that 就這樣算了；到此為止

□ **764.** *Shame on you*.　　　你眞可恥。

　　You did wrong.　　　　你做了壞事。

　　You know better than　你應該沒有那麼笨。
　　　　that.

□ **765.** *Don't mess with me*.　別惹我。

　　Don't try to fool me.　別想要騙我。

　　Don't play games with　別跟我耍花招。
　　　　me.

□ **766.** *I can't agree with you*.　我無法同意你。

　　You can't agree with　你無法同意我。
　　　　me.

　　Let's agree to disagree.　我們互相尊重吧。

【和對方意見不合，可以這麼說】

＊＊─────────────

764. shame〔ʃem〕*n.* 恥辱；丟臉　　　*do wrong* 做壞事；犯罪
　　　know better 不至於笨到會做…的地步

765. *mess with sb.* 打擾某人；招惹某人　　　fool〔ful〕*v.* 愚弄；欺騙
　　　game〔gem〕*n.* 遊戲；計謀；花招；把戲
　　　play games 字面的意思是「玩遊戲」，引申爲「欺騙；耍花招」。

766. agree〔ə'gri〕*v.* 同意　　　*agree with sb.* 同意某人
　　　disagree〔͵dɪsə'gri〕*v.* 不同意；意見不同
　　　Let's agree to disagree. 字面的意思是「讓我們同意彼此意見不
　　　　同。」用在和別人意見相左，且無法達成共識的時候，是化
　　　　解衝突的一個好用的句子，其實意思是「旣然我們無法達成
　　　　共識，那就讓我們尊重彼此可以有不同的意見吧。」

□ **767. *You sold me out*.**
You betrayed me.
You stabbed me in the
　　back.

你出賣我。
你背叛我。
你在我的背後捅我一刀。

□ **768. *It wasn't me*.**
I didn't do it.
You're barking up the
　　wrong tree.

那不是我。
我沒做那件事。
你找錯人了。

□ **769. *You're not my type*.**
We're pretty different.
We have little in
　　common.

你不是我喜歡的類型。
我們大不相同。
我們沒什麼共同點。

＊＊───────────

767. *sell out* 出賣；背叛
betray〔bɪ'tre〕*v.* 背叛；出賣
stab〔stæb〕*v.* 刺；刺傷
stab sb. in the back 背叛；在背後中傷

768. bark〔bɑrk〕*v.*（狗等）吠叫
bark up the wrong tree 找錯對象；認錯目標
***You're barking up the wrong tree*.** 也可說成：You're blaming
　　the wrong person.（你錯怪人了。）【blame〔blem〕*v.* 責怪】

769. type〔taɪp〕*n.* 類型　　***be not* one's *type*** 不是某人喜歡的類型
pretty〔'prɪtɪ〕*adv.* 相當　　common〔'kɑmən〕*adj.* 共同的
have…in common 有…共同點
have little in common 沒有什麼共同點

bark

□ 770. *You've crossed the line.*　你太過分了。
You've gone too far.　你太過分了。
Don't act that way.　不要那樣做。

□ 771. *You're too bossy.*　你太愛指揮人了。
Don't order me around.　不要指揮我做這做那。
Don't tell me what to　不要告訴我該做什麼。
do.

♣ 早上和朋友見面，看到對方臉色不好，可以和他開玩笑地說
下面三句話

□ 772. *You look like hell.*　你看起來糟透了。
You look like a zombie.　你看起來像殭屍。
You look like a ghost.　你看起來像鬼。

** ————————————————

770. *cross the line* （行為）越過界限
You've crossed the line. 也可說成：You're out of line.
go too far 做得過分　　act〔æk〕*v.* 做事；行動
that way 那樣

771. bossy〔'bɔsɪ〕*adj.* 愛指揮人的；專橫的
order〔'ɔrdɚ〕*v.* 命令　　*order sb. around* 指使某人做這做那

772. hell〔hɛl〕*n.* 地獄　　*look like hell* 氣色很差
zombie〔'zɑmbɪ〕*n.* 殭屍　　ghost〔gost〕*n.* 鬼
美國人的習慣是，早上一見面，看到你精神好，一定會說 You
look wonderful.（你看起來很棒。）等。講不好的，沒什麼
惡意，只是開玩笑。自己感覺精神不好，也可以問對方：Do
I look like a zombie today?（我今天看起來像殭屍嗎？）

□ 773. ***You seldom notice me.***　　　你很少注意到我。
It's like I'm invisible.　　　就好像我是隱形的。
You don't pay attention　　　你都不注意我。
to me.

□ 774. ***You failed me.***　　　你使我失望。
You didn't come　　　你並沒有實踐諾言。
through.
I'm very disappointed　　　我對你非常失望。
in you.

□ 775. ***No sympathy, please.***　　　請不要同情我。
No pity party for me.　　　不要可憐我。
Don't feel sorry for me.　　　不要為我難過。

＊＊─────────────

773. seldom〔ˈsɛldəm〕*adv.* 很少　　notice〔ˈnotɪs〕*v.* 注意到
like〔laɪk〕*prep.* 像
invisible〔ɪnˈvɪzəbḷ〕*adj.* 看不見的；隱形的
attention〔əˈtɛnʃən〕*n.* 注意　　***pay attention to*** 注意

774. fail〔fel〕*v.* 失敗；使（某人）失望
come through 實踐諾言
disappointed〔ˌdɪsəˈpɔɪntɪd〕*adj.* 失望的＜*in/at/with/about*＞

775. sympathy〔ˈsɪmpəθɪ〕*n.* 同情　　pity〔ˈpɪtɪ〕*n.* 同情；可憐
pity party 憐惜派對；自憐自艾的派對
No pity party for me. 字面的意思是「不要為我開憐惜派對。」
　　也就是「不要可憐我。」
sorry〔ˈsɔrɪ〕*adj.* 遺憾的；難過的

♣ 聽到不合邏輯的話時，就可說這六句

☐ 776. ***That's illogical.*** 那不合邏輯。
That's absurd. 那很荒謬。
That's the worst thing I
ever heard. 那是我聽過最糟的事。

☐ 777. ***It's silly.*** 那樣很蠢。
It's stupid. 那樣很笨。
It's meaningless. 那樣沒意義。

☐ 778. ***That's rare.*** 那很少見。
That's unusual. 那很不尋常。
Only once in a blue
moon. 非常罕見。

＊＊────────────

776. illogical〔ɪˋlɑdʒɪkḷ〕*adj.* 不合邏輯的
absurd〔əbˋsɝd〕*adj.* 荒謬的　　ever〔ˋɛvə〕*adv.* 曾經
That's the worst thing I ever heard. 也可說成：
　That's the worst thing I've ever heard.

777. silly〔ˋsɪlɪ〕*adj.* 愚蠢的　　stupid〔ˋstjupɪd〕*adj.* 愚笨的
meaningless〔ˋminɪŋlɪs〕*adj.* 無意義的

778. rare〔rɛr〕*adj.* 稀有的；罕見的
unusual〔ʌnˋjuʒʊəl〕*adj.* 不尋常的（＝*uncommon*）
once in a blue moon 罕見地；千載難逢地（＝*very rarely*
　＝*very unusual*）

5.
負
面
評
論

□ **779.** ***It was a headache.*** 這眞是令人頭痛。

It gave me trouble. 這給我帶來麻煩。

It was a tough nut to 這是很難解決的問題。
    crack.

□ **780.** ***They cooked the books.*** 他們做假帳。

They kept false records. 他們做假的記錄。

They lied about money. 他們虛報金額。

＊＊────────────

779. headache〔'hɛd,ek〕*n.* 頭痛；頭痛的事
    trouble〔'trʌbl̩〕*n.* 麻煩；煩惱
    tough〔tʌf〕*adj.* 堅硬的；困難的（= *hard*）
    nut〔nʌt〕*n.* 堅果   crack〔kræk〕*v.* 敲破；打破
    a tough/hard nut to crack ①棘手的問題（= *a problem that*
    is hard to solve）   ②難以對付的人（= *a person that is hard*
    to deal with）
    It was a tough nut to crack. 也可說成：It was difficult to
    solve.（這是很難解決的問題。）

780. cook〔kuk〕*v.* 煮菜；竄改；虛報
    books〔buks〕*n. pl.* 帳册；帳簿【***keep books*** 記帳】
    cook the books 做假帳；僞造帳目
    They cooked the books. = They falsified the records.
    （他們做假帳。）【falsify〔'fɔlsə,faɪ〕*v.* 僞造】
    false〔fɔls〕*adj.* 虛假的   record〔'rɛkəd〕*n.* 記錄
    keep a record 記錄   ***lie about*** 虛報
    They lied about money. 也可說成：They lied about the
    amount of money.（他們虛報金額。）

5.
負面評論

□ **781.** *It's useless.*　　　　　　　這是沒有用的。
　　　It's not worth it.　　　　　這並不值得。
　　　It's a waste of time.　　　這是在浪費時間。

♣「木已成舟」英文怎麼說？

□ **782.** *It's too late.*　　　　　　　太遲了。
　　　The ball game is over.　　　一切都結束了。
　　　The ship has sailed.　　　　木已成舟，無法改變。

□ **783.** *That's only part of it.*　　那只是其中一部分。
　　　That's not the whole　　　那不是事情的全部。
　　　　story.
　　　That's just the tip of the　那只是冰山的一角。
　　　　iceberg.

** ───────────────

781. useless〔'juslɪs〕*adj.* 沒有用的　　worth〔wɝθ〕*adj.* 值得…的
worth it 值得的（= *worthwhile*）　　waste〔west〕*n.* 浪費
a waste of time 浪費時間

782. **ball game** 球賽；情況；事情　　sail〔sel〕*v.* 航行
The ship has sailed.「船已經揚帆出發，想追也來不及了。」
　　引申為「木已成舟；無法改變；大勢已去；錯失良機。」

783. (a) **part of** …的一部份　　whole〔hol〕*adj.* 全部的；整個的
story〔'storɪ〕*n.* 詳情；情況；真相　　tip〔tɪp〕*n.* 尖端
iceberg〔'aɪs,bɝg〕*n.* 冰山
the tip of the iceberg 冰山的尖端；冰山的一角【指重大問題顯露
　　出來的一小部分】

□ **784.** ***It's getting bigger and bigger.***   事情越鬧越大。

     It's getting worse and worse.   情況變得越來越糟。

     It's having a snowball effect.   它有滾雪球效應。

□ **785.** ***It's tough to take.***   那很難接受。

     It's difficult to accept.   那很難接受。

     It's a bitter pill to swallow.   那實在令人難以忍受。

＊＊────────────

784. get〔gɛt〕v. 變得　　worse〔wɝs〕adj. 更糟的
snowball〔'sno͵bɔl〕n. 雪球　v. 滾雪球般地逐漸增大
effect〔ɪ'fɛkt〕n. 效果；效應
snowball effect 滾雪球效應【描述一個情況或事件的規模、重要性，就像滾雪球一樣不斷擴大，變化的速度也在加快】
It's having a snowball effect. 也可説成：It's snowballing.
（它像滾雪球般地逐漸增大。）

785. tough〔tʌf〕adj. 困難的（= *difficult*）　　take〔tek〕v. 接受
accept〔ək'sɛpt〕v. 接受（= *take*）　　bitter〔'bɪtɚ〕adj. 苦的
pill〔pɪl〕n. 藥丸　　swallow〔'swɑlo〕v. 吞下
a bitter pill to swallow 字面的意思是「很難吞下的苦藥丸」，也就是「難以忍受之事」（= *something painful or hard to accept*）。
源自諺語：Bitter pills may have wholesome effects.（良藥苦口利於病。）【wholesome〔'holsəm〕adj. 有益健康的】
It's a bitter pill to swallow. 也可説成：It's hard to accept.
（那很難接受。）

5.
負面評論

□ **786.** *Both are responsible*.　雙方都要負責。
　　　Both are to blame.　兩邊都有錯。
　　　It takes two to tango.　一個巴掌拍不響。

□ **787.** *It makes no sense*.　這沒有道理。
　　　It makes zero sense.　這完全不合理。
　　　I totally don't get it.　我完全不懂。

♣ **看到不喜歡的事物，都可以說這三句**

□ **788.** *It's disgusting*.　這很噁心。
　　　It's nasty.　很噁心。
　　　It's gross.　很噁心。

** ─────────────

786. responsible〔rɪ'spɑnsəb!〕*adj.* 應負責任的
　　blame〔blem〕*v.* 責備
　　be to blame 該受責備；該負責任（= *be responsible*）
　　take〔tek〕*v.* 需要　　tango〔'tæŋgo〕*v.* 跳探戈舞　*n.* 探戈舞
　　It takes two to tango. 字面的意思是「跳探戈舞需要兩個人。」
　　　也就是「一個巴掌拍不響。」（= *It takes two to do it.*）也可說
　　　成：It takes two to make a quarrel.（吵架需要兩個人；一個
　　　巴掌拍不響。）
787. sense〔sɛns〕*n.* 意義　　***make sense*** 有意義；合理
　　zero〔'zɪro〕*n.* 零　*adj.* 零的；沒有的；全無的
　　totally〔'totl̩ɪ〕*adv.* 完全地　　***get it*** 懂；了解
788. disgusting〔dɪs'gʌstɪŋ〕*adj.* 令人噁心的
　　nasty〔'næstɪ〕*adj.* 令人作嘔的
　　gross〔gros〕*adj.* 令人厭惡的；令人噁心的

♣ 形容味道很難聞，可以說下面六句話

□ 789. **It's smelly**.   它很臭。

       It's stinky.   它很難聞。

       It has an awful odor.   它的味道很可怕。

□ 790. **It smells**.   它很臭。

       It smells bad.   它很臭。

       It smells awful.   它的味道很可怕。

□ 791. **It's peculiar**.   這很獨特。

       It's unusual.   很不尋常。

       It's out of the ordinary.   很不尋常。

**

789. smelly〔ˈsmɛlɪ〕*adj.* 臭的
stinky〔ˈstɪŋkɪ〕*adj.* 臭的；發惡臭的
awful〔ˈɔfḷ〕*adj.* 可怕的；很糟的   odor〔ˈodɚ〕*n.* 氣味

790. smell〔smɛl〕*v.* 聞起來；發臭
It smells. 也可說成：It stinks.（很臭。）
   【stink〔stɪŋk〕*v.* 發惡臭】
bad〔bæd〕*adj.*（味道）令人不舒服的；討厭的

791. peculiar〔pɪˈkjuljɚ〕*adj.* 獨特的
unusual〔ʌnˈjuʒʊəl〕*adj.* 不尋常的
ordinary〔ˈɔrdṇˌɛrɪ〕*adj.* 普通的
out of the ordinary 例外的；特殊的；異常的（= *extraordinary*）
It's out of the ordinary. = It's extraordinary. = It's strange.

♣ 形容東西品質最差，可以用下面三句話

☐ 792. ***It's the worst.*** 　　　　　　　這是最糟的。
　　　　It's of the lowest quality. 　這個品質最差。
　　　　It's the bottom of the 　　　　這個品質最差。
　　　　　barrel.

♣ 聽到奇怪的聲音，可以說下面六句話

☐ 793. ***What's that noise?*** 　　　　那是什麼噪音？
　　　　Can you hear it? 　　　　　　你聽到了嗎？
　　　　I've never heard it 　　　　　我以前從未聽過。
　　　　　before.

☐ 794. ***What could it be?*** 　　　　它會是什麼？
　　　　What the heck is it? 　　　　它究竟是什麼？
　　　　I'm more than curious. 　　　我非常好奇。

** ——————

792.　worst〔wɝst〕*adj.* 最糟的；最差的
　　quality〔ˈkwɑlətɪ〕*n.* 品質　　***(of) the lowest quality*** 品質最差的
　　bottom〔ˈbɑtəm〕*n.* 底部　　barrel〔ˈbærəl〕*n.* 大桶
　　bottom of the barrel 最糟的；品質最差的
　　　字面的意思是「大桶的底部」，源自儲存食物於大桶中，
　　　最底部的食物由於存放時間久，通常品質是最差的。
　　It's the bottom of the barrel. = It's (of) the worst quality.
792.　noise〔nɔɪz〕*n.* 噪音　　never〔ˈnɛvɚ〕*adv.* 從未
794.　heck〔hɛk〕*n.* hell 的委婉語
　　the heck 究竟；到底（= *on earth*）
　　more than 非常（= *very*）　　curious〔ˈkjʊrɪəs〕*adj.* 好奇的

6. 關於飲食
Talking About Food

用手機掃瞄聽錄音

☐ **795.** ***Feel like a bite?*** | 想要吃點東西嗎？
Want a meal or a snack? | 想要吃飯還是點心？
How hungry are you? | 你有多餓？

☐ **796.** ***Are you hungry?*** | 你會餓嗎？
Let's order something. | 我們來點一些東西吧。
Let's have it delivered. | 我們叫外送吧。

☐ **797.** ***What's in the fridge?*** | 冰箱裡有什麼？
Let's heat up some food. | 我們來加熱一些食物吧。
Let's microwave something good. | 我們來微波一些好吃的東西吧。

**——————————————

795. *feel like* 想要　　bite〔baɪt〕*n.* 一口食物；少量食物
Feel like a bite? 源自 Do you feel like a bite? 可說成：
Feel like some food?（想要吃些食物嗎？）
meal〔mil〕*n.* 一餐　　snack〔snæk〕*n.* 點心
Want a meal or a snack? 源自 Do you want a meal or a snack?　　hungry〔'hʌŋgrɪ〕*adj.* 飢餓的
796. order〔'ɔrdɚ〕*v.* 訂購；點（餐）　　deliver〔dɪ'lɪvɚ〕*v.* 遞送
797. fridge〔frɪdʒ〕*n.* 冰箱（= *refrigerator*）
heat〔hit〕*v.* 使變熱　　***heat up*** 把⋯加熱
microwave〔'maɪkrəˌwev〕*v.* 用微波爐加熱（食物）；用微波爐烹調

□ **798.** *Let's not make dinner.*　　我們不要做晚餐了。
　　Let's order takeout.　　我們點外賣吧。
　　Let's order online.　　我們上網點餐吧。

□ **799.** *I dine out a lot.*　　我經常在外面吃飯。
　　I enjoy variety.　　我喜歡有變化。
　　I like to pick and choose.　　我喜歡有選擇。

□ **800.** *Eat all you can.*　　儘量吃。
　　Eat till you're full.　　吃到飽爲止。
　　Eat to your heart's　　盡情地吃。
　　　content.

【鼓勵朋友儘量吃，就說這三句話】

＊＊————————————

798. order〔'ɔrdɚ〕*v.* 點（餐）；訂購
　　takeout〔'tek͵aut〕*n.* 外賣（外帶）的食物（飲料）
　　Let's order takeout. 也可說成：Let's have something
　　　delivered.（我們叫外送吧。）
　　online〔͵ɑn'laɪn〕*adv.* 在線上；在網路上
799. dine〔daɪn〕*v.* 用餐　　*dine out* 在外面吃飯
　　variety〔və'raɪətɪ〕*n.* 變化；多樣性
　　I enjoy variety. 也可說成：I like to have choices.
　　　（我喜歡有很多選擇。）【choice〔tʃɔɪs〕*n.* 選擇】
　　pick〔pɪk〕*v.* 挑選　　choose〔tʃuz〕*v.* 選擇
800. *Eat all you can.* = Eat as much as you can.
　　　【「吃到飽」則是 all you can eat】　　till〔tɪl〕*conj.* 直到
　　full〔fʊl〕*adj.* 吃飽的　　content〔kən'tɛnt〕*n.* 滿足
　　to one's heart's content 盡情地；盡量地

6.
關
於
飲
食

□ 801. ***Let's grab a bite.***   我們去吃點東西吧。
    What do you like?   你喜歡什麼？
    What do you feel like   你想要吃什麼？
       eating?

♣ **鼓勵朋友想挑什麼就挑什麼，可以用這三句話**

□ 802. ***Pick out what you like.***   挑選你喜歡的。
    Select anything you   選任何你想要的。
       desire.
    Whatever you choose is   不論你選什麼，我都可
       fine with me.   以。

□ 803. ***What do you want to eat?***   你想要吃什麼？
    Don't be shy.   不要不好意思。
    If I wasn't here, what   如果我不在這裡，你會
       would you order?   點什麼？

**─────────

801. grab〔græb〕v. 抓住   bite〔baɪt〕n. 一口食物；少量食物
    Let's grab a bite. 字面的意思是「我們去抓一口食物吧。」
      引申為「我們去吃點東西吧。」
    What do you like? 也可說成：What do you like to eat?
    （你喜歡吃什麼？）   ***feel like N/V-ing*** 想要…
802. ***pick out*** 挑出；選出   select〔sə'lɛkt〕v. 選擇；挑選
    desire〔dɪ'zaɪr〕v. 想要   ***be fine with me*** 對我而言沒問題
803. shy〔ʃaɪ〕adj. 害羞的；不好意思的
    現在美國人一般都說 If I wasn't here，較正式的說法是 If I
    weren't here。   order〔'ɔrdɚ〕v. 點（餐）

☐ 804. *I feel like fast food*. 　　我想要吃速食。
Something quick and 　　一些快又方便的東西。
convenient.
Kentucky Fried 　　肯德基好嗎？
Chicken OK?

♣ 請朋友過來坐下，可以這麼說

☐ 805. *Grab a seat*. 　　找個位子坐下吧。
Pull up a chair. 　　快點過來坐。
You're welcome to sit 　　歡迎你坐下。
down.

☐ 806. *I'm going to get food*. 　　我要去買些食物。
What do you feel like? 　　你想要什麼？
What's your order? 　　你想要點什麼？

** ─────────────

804. *feel like* 想要（= *want*）　　*fast food* 速食
convenient〔kən'vinjənt〕*adj.* 方便的
Kentucky〔kɛn'tʌkɪ〕*n.* 肯塔基州
fry〔fraɪ〕*v.* 油炸　*fried chicken* 炸雞
Kentucky Fried Chicken 肯德基【速食店名】

KFC

805. grab〔græb〕*v.* 抓住；急抓；急著利用　　seat〔sit〕*n.* 座位
Grab a seat. = Have a seat. = Take a seat. = Sit down.（請坐。）
pull〔pʊl〕*v.* 拉
pull up a chair 把椅子拉近；快點過來坐（= *sit down*
= *take a seat* = *bring a chair over here*）

806. get〔gɛt〕*v.* 買　　order〔'ɔrdɚ〕*n.* 點的菜

**6.
關
於
飲
食**

□ **807.** ***Do you have any
straws?***

Extra napkins, please.

Extra packets of
ketchup, too.

你們有吸管嗎？

請再多給幾張餐巾紙。

也要再多幾包蕃茄醬。

□ **808.** ***I prefer tea in a cup.***

I like drinks in a glass.

I love coffee in a mug.

我比較喜歡用茶杯裝茶。

我喜歡用玻璃杯裝飲料。

我愛用馬克杯裝咖啡。

□ **809.** ***Use caution.***

That's boiling hot.

Don't burn your tongue.

要小心。

那個非常燙。

不要燙傷你的舌頭。

＊＊————————————

807. straw〔strɔ〕*n.* 吸管　　extra〔'ɛkstrə〕*adj.* 額外的
napkin〔'næpkɪn〕*n.* 餐巾；餐巾紙 (= *paper napkin*)
packet〔'pækɪt〕*n.* 小包
ketchup〔'kɛtʃəp〕*n.* 蕃茄醬

808. prefer〔prɪ'fɝ〕*v.* 比較喜歡
cup〔kʌp〕*n.* 杯子　　drink〔drɪŋk〕*n.* 飲料
glass〔glæs〕*n.* 玻璃杯　　coffee〔'kɔfɪ〕*n.* 咖啡
mug〔mʌg〕*n.* 馬克杯

809. caution〔'kɔʃən〕*n.* 小心；謹慎
use caution 謹慎行事 (= *exercise caution*)
boiling〔'bɔɪlɪŋ〕*adj.* 沸騰的　*adv.* 沸騰般地；極度地
boiling hot 極熱的　　burn〔bɝn〕*v.* 燙傷
tongue〔tʌŋ〕*n.* 舌頭

cup

glass

mug

6.
關於飲食

□ 810. ***Be my guest.*** 　　　　　　我請客。

Let me treat you. 　　　　讓我招待你。

Please don't say no. 　　　請不要拒絕。

□ 811. ***What's your specialty?*** 　　你們的招牌菜是什麼？

What are you famous 　　你們有名的是什麼？
　　for?

What should I try? 　　　我應該品嚐什麼？

♣ 描述自己喜歡的食物，可以這麼說

□ 812. ***I like sour and spicy***
　　　　soup. 　　　　　　　　我喜歡酸辣湯。

I enjoy stuff not too 　　　我喜歡不會太鹹，不會太
　　salty, not too sweet. 　　甜的東西。

I even like bitter food. 　　我甚至喜歡苦的食物。

＊＊────────────

810. guest〔gɛst〕*n.* 客人　　***Be my guest.*** ①我請客。　②請便。
　　treat〔trit〕*v.* 款待；請客　　***say no*** 拒絕

811. specialty〔'spɛʃəltɪ〕*n.* 招牌菜
　　famous〔'feməs〕*adj.* 有名的
　　What are you famous for? 可說成：What's your number one
　　　dish?（你們最好的菜是什麼？）或 What's your best dish?
　　　（你們最好的菜是什麼？）【dish〔dɪʃ〕*n.* 菜餚】

812. sour〔saur〕*adj.* 酸的　　spicy〔'spaɪsɪ〕*adj.* 辣的
　　sour and spicy soup 酸辣湯　　stuff〔stʌf〕*n.* 東西
　　salty〔'sɔltɪ〕*adj.* 鹹的　　bitter〔'bɪtɚ〕*adj.* 苦的

☐ **813.** *It's too bland.*   味道太淡了。

     It needs soy sauce.   它需要醬油。

     Maybe some vinegar.   也許需要一些醋。

☐ **814.** *Pass that, please.*   請把那個遞給我。

     Hand me that.   把那個拿給我。

     Please give that to me.   請把那個給我。

☐ **815.** *What a delicious meal!*   這一餐真好吃！

     Every dish was so tasty.   每道菜都很好吃。

     I've never had better.   我從來沒吃過比這更好的。

【稱讚餐點好吃，可以用這三句話】

☐ **816.** *Try some.*   試一點看看。

     Have a little.   吃一點。

     Make me happy.   讓我高興一下。

**────────

813. bland〔blænd〕*adj.* （食物）清淡的；無味的
soy〔sɔɪ〕*n.* 大豆　　sauce〔sɔs〕*n.* 醬汁
soy sauce 醬油　　vinegar〔'vɪnɪgɚ〕*n.* 醋

814. pass〔pæs〕*v.* （用手）遞（東西）
hand〔hænd〕*v.* 拿給；遞給
hand sb. sth. 把某物拿給某人（= *hand sth. to sb.*）

815. what〔hwɑt〕*pron.* 【用於感嘆句】多麼　　meal〔mil〕*n.* 一餐
dish〔dɪʃ〕*n.* 菜餚　　tasty〔'testɪ〕*adj.* 美味的
have〔hæv〕*v.* 吃；喝　　better〔'bɛtɚ〕*n.* 較佳之事物

816. try〔traɪ〕*v.* 試嚐；試吃

soy sauce   vinegar

6.
關
於
飲
食

□ **817.** *I love eating this.*　我喜歡吃這個。
　　　It's my comfort food.　這是我的療癒食物。
　　　It's just like my mom　這正合我的口味。
　　　　used to make.

♣ **牛肉麵的英文，你會嗎？**

□ **818.** *I'd like a bowl of beef*　我想要一碗牛肉麵。
　　　　noodle soup.
　　　I want a plate of fried　我要一盤炒麵。
　　　　noodles.
　　　That's it for now.　先點這些。

** ────────────

817. comfort〔ˈkʌmfət〕*n.* 舒適；安慰；慰藉
　　comfort food 療癒食物；舒適食物；安慰食物【指當你心情不好，
　　　如傷心或焦慮時，可以帶給你慰藉的食物】
　　It's my comfort food. = It's the food that makes me feel good.
　　used to V. 以前…
　　just like my mom used to make 字面的意思是「就像我媽媽以前
　　　做的一樣」，也就是「有家庭烹調風味；正合口味」。

818. *I'd like* 我想要【點餐時可用】
　　= I want【並非不禮貌】≠ *I like*（我喜歡）【誤】
　　中國人和美國人都常會説錯。

beef noodle soup

　　bowl〔bol〕*n.* 碗　　beef〔bif〕*n.* 牛肉
　　noodle〔ˈnudl〕*n.* 麵【一般使用時用複數，當形容詞時，用單數】
　　beef <u>noodles</u> 乾牛肉麵
　　beef <u>noodle soup</u> 有湯的牛肉麵
　　plate〔plet〕*n.* 盤子　　fried〔fraɪd〕*adj.* 炒的；炸的
　　That's it. 就這樣。(= *That's all.*)　　*for now* 目前；暫時

☐ **819.** *Want some soy sauce?* | 想要一些醬油嗎？

How about some
vinegar? | 加些醋如何？

How about some hot
sauce? | 加些辣椒醬如何？

☐ **820.** *Want some?* | 要來一點嗎？

Have a bite. | 吃一口。

Don't be polite. | 不要客氣。

♣ 三餐要怎麼吃才健康？

☐ **821.** *Eat a big breakfast.* | 早餐要吃得豐盛。

Eat a moderate lunch. | 午餐要吃得適中。

Eat a light dinner. | 晚餐要吃得少。

** ——————————

819.
soy〔sɔɪ〕*n.* 大豆　　sauce〔sɔs〕*n.* 醬汁
soy sauce 醬油
Want some soy sauce? 是由 Do you want some soy sauce?
簡化而來。
how about …如何　　vinegar〔'vɪnɪgɚ〕*n.* 醋
hot〔hɑt〕*adj.* 辣的　　*hot sauce* 辣椒醬

820.
Want some? 是由 Do you want some? 簡化而來。
have〔hæv〕*v.* 吃；喝　　bite〔baɪt〕*v.* 咬　*n.* 咬下的一口
Have a bite. 也可說成：Have a little.（吃一點。）
polite〔pə'laɪt〕*adj.* 有禮貌的；客氣的

821.
big〔bɪg〕*adj.* 豐盛的　　moderate〔'mɑdərɪt〕*adj.* 適度的
light〔laɪt〕*adj.*（量）輕微的；（食物）清淡的

6.
關
於
飲
食

☐ 822. *Eat better.*   要吃好一點。
You'll feel better.   你會感覺更好。
You'll look better, too.   你也會看起來更好。

☐ 823. *Eat smart.*   要聰明地吃。
Eat right.   要吃得正確。
You are what you eat.   你吃什麼，就長成什麼樣。

☐ 824. *Eat healthy.*   要吃得健康。
Eat nutritious.   要吃得營養。
Eat natural food.   要吃天然的食物。

☐ 825. *Lay off the sweets.*   要戒掉甜食。
Go easy on the salt.   吃鹽要節制。
That kind of food will   那種食物會害死你。
    kill you.

** ——————————————

823. smart〔smɑrt〕*adv.* 聰明地　　right〔raɪt〕*adv.* 正確地
You are what you eat. 字面的意思是「你就是你吃的東西。」
引申為「你吃什麼，就長成什麼樣。」

824. healthy〔'hɛlθɪ〕*adj.* 健康的　*adv.* 健康地
nutritious〔nju'trɪʃəs〕*adj.* 有營養的
natural〔'nætʃərəl〕*adv.* 自然的；天然的

825. *lay off* 暫時解僱；取消；停止；戒除
sweets〔swits〕*n. pl.* 甜食
go easy on 省著用；對（吃/喝/用）有節制　　salt〔sɔlt〕*n.* 鹽
kind〔kaɪnd〕*n.* 種類　　kill〔kɪl〕*v.* 殺死；使喪生

7. 身體保健
Physical Health

用手機掃瞄聽錄音

□ 826. **Get a foot massage**. 去做腳底按摩。
Get a body massage. 去做身體按摩。
Go soak in a hot bath. 去泡個熱水澡。

♣ 祝生病的朋友早日康復，可以説下面九句話

□ 827. **Get well soon**. 要早日康復。
Get better fast. 要快點好起來。
I'm hoping and praying 我充滿希望並爲你祈禱。
　for you.

□ 828. **I wish you well**. 我希望你一切如意。
I'm pulling for you. 我爲你加油打氣。
Get healthy again ASAP. 要儘快恢復健康。

** ─────────────

826. massage〔məˈsɑʒ〕n. 按摩　　soak〔sok〕v. 浸泡
bath〔bæθ〕n. 洗澡；沐浴　　*a hot bath* 熱水澡
827. well〔wɛl〕adj. 健康的　　soon〔sun〕adv. 很快地
hope〔hop〕v. 希望；期待　　pray〔pre〕v. 祈禱
828. wish〔wɪʃ〕v. 但願；希望
wish sb. well 希望某人好；希望某人走運
pull for 希望…成功；向…歡呼；爲…打氣
get〔gɛt〕v. 變得　　healthy〔ˈhɛlθɪ〕adj. 健康的
ASAP 儘快（= *as soon as possible*）

□ 829. *Recover quickly*. 要快點康復。
Regain your health. 要恢復你的健康。
Wishing you a speedy 祝你很快就康復。
recovery.

□ 830. *Cover your mouth*. 請摀住嘴巴。
Cover your nose. 請掩住鼻子。
If you cough, cover up. 咳嗽的時候請摀住嘴巴。

□ 831. *You must sweat daily*. 你必須每天流汗。
Drink eight glasses of 要喝八杯水。
water.
Go number one and 要每天上小號和大號。
number two every day.

7.
身體保健

** ————————————

829. recover〔rɪ'kʌvə〕v. 康復 quickly〔'kwɪklɪ〕adv. 快地
regain〔rɪ'gen〕v. 恢復 health〔hɛlθ〕n. 健康
wish〔wɪʃ〕v. 祈望;祝(某人)…
speedy〔'spidɪ〕adj. 快速的 recovery〔rɪ'kʌvərɪ〕n. 康復
Wishing you a speedy recovery. 也可說成:I wish you a
speedy recovery.

830. cover〔'kʌvə〕v. 遮蓋;覆蓋 mouth〔mauθ〕n. 嘴巴
nose〔noz〕n. 鼻子 cough〔kɔf〕v. 咳嗽
cover up 蓋住;遮住【在此指 cover your mouth(摀住嘴巴)】

831. sweat〔swɛt〕v. 流汗 daily〔'delɪ〕adv. 每天(= *every day*)
glass〔glæs〕n. 玻璃杯;一杯
go number one 上一號;上小號 *go number two* 上大號

7.
身體保健

□ **832.** ***White dragon fruit takes*** 　　白色火龍果有助於你的
　　　　care of your heart 　　　心臟健康。
　　　　health.
　　　Red dragon fruit 　　　　　紅色火龍果預防便祕。
　　　　prevents constipation.
　　　Eating them together 　　　　兩種一起吃，就不會生
　　　　keeps the doctor away. 　　病。

□ **833.** ***Try exercise***. 　　　　　　試著運動一下。
　　　It will clear your head. 　　　會讓你的頭腦清楚。
　　　It will clear your mind. 　　　會讓你的思路清晰。

** ————————

832. dragon〔'drægən〕*n.* 龍　　***dragon fruit*** 火龍果
　　take care of 照顧　　heart〔hɑrt〕*n.* 心臟
　　prevent〔prɪ'vɛnt〕*v.* 預防
　　constipation〔,kɑnstə'peʃən〕*n.* 便祕
　　keep sb./sth. away 使遠離；避開

dragon fruit

　　Eating them together keeps the doctor away.
　　　源自諺語：An apple a day keeps the doctor away.
　　　（每天吃一顆蘋果，不必看醫生。）

833. exercise〔'ɛksə,saɪz〕*n.* 運動
　　clear〔klɪr〕*v.* 使清楚；使清晰
　　clear one's head 使頭腦清楚（ = *clear one's brain* = *help sb.*
　　　think more clearly）　　mind〔maɪnd〕*n.* 想法；思路
　　It will clear your mind. 有兩個意思：①它會讓你的思路清晰。
　　　（ = *It will help you think more clearly*.）　②它會幫助你忘卻
　　　煩惱。

□ 834. *Detox daily!*　　　　　　　要每天排毒！
Exercise to sweat.　　　　要運動流汗。
Eliminate waste.　　　　　要排除廢物。

□ 835. *I'm going out for a*　　　我要出去散步。
walk.
Want to stretch my legs.　我想要伸展雙腿。
Want to get a little　　　我想要運動一下。
exercise.

□ 836. *It's my kind of day*.　　　這是我喜歡的天氣。
It makes me appreciate　它使我對於一切心存感激。
everything.
I'm grateful to be alive.　能夠活著我很感恩。

** ————————————————

834. detox〔'ditɑks〕*v.* 排毒　　daily〔'delɪ〕*adv.* 每天
exercise〔'ɛksə,saɪz〕*v., n.* 運動　　sweat〔swɛt〕*v.* 流汗
eliminate〔ɪ'lɪmə,net〕*v.* 除去　　waste〔west〕*n.* 廢物

835. *go out for a walk* 出去散步（＝*go for a walk*）
stretch〔strɛtʃ〕*v.* 伸展（四肢）
Want to stretch my legs. 源自 I want to stretch my legs.
get exercise 運動
Want to get a little exercise. 源自 I want to get a little exercise.

836. *one's kind of～* 某人喜歡的～
appreciate〔ə'priʃɪ,et〕*v.* 感激
grateful〔'gretfəl〕*adj.* 感激的　　alive〔ə'laɪv〕*adj.* 活的

**7.
身體
保健**

□ 837. ***Run or jog.***
Pump iron.
Lift weights.

你可以跑步或慢跑。
你可以練舉重。
你可以做舉重訓練。

□ 838. ***Donating blood is a
noble act.***
It promotes heart health.
It cuts cancer risk.

【告訴朋友捐血有益健康】

捐血是種高尚的行爲。
它能促進心臟的健康。
它可以降低罹癌的風險。

□ 839. ***Health is wealth.***
Good health is priceless.
Never neglect your
health.

【諺】健康就是財富。
良好的健康是無價的。
絕不要忽略你的健康。

**─────────────────

837. jog〔dʒɑg〕v. 慢跑
pump〔pʌmp〕v. 抽水；打氣；做上上下下的動作
iron〔'aɪən〕n. 鐵；啞鈴、槓鈴等重物
pump iron 練舉重健身（ = *do exercises by lifting
heavy weights*） lift〔lɪft〕v. 舉起
weight〔wet〕n.（運動、舉重用的）啞鈴；槓鈴
lift weights 舉重（ = *pump iron*）

lift weights

838. donate〔'donet〕v. 捐贈 blood〔blʌd〕n. 血
noble〔'nobḷ〕adj. 高貴的；高尚的 act〔ækt〕n. 行爲
promote〔prə'mot〕v. 增進 cut〔kʌt〕v. 減低
cancer〔'kænsɚ〕n. 癌症 risk〔rɪsk〕n. 風險

839. health〔hɛlθ〕n. 健康 wealth〔wɛlθ〕n. 財富
priceless〔'praɪslɪs〕adj. 無價的 neglect〔nɪ'glɛkt〕v. 忽略

8. 選購商品
Making Purchases

用手機掃瞄聽錄音

□ 840. *How about a bargain?*   便宜一點好嗎？
How about a good deal?   算便宜一點好嗎？
Can you give me a   可以給我一個好價錢嗎？
   decent price?

□ 841. *Name your price.*   開個價錢。
State your fee.   定個費用。
How much do you want   你這個要多少錢？
   for it?

□ 842. *What a long line!*   好長的隊伍！
So many are waiting!   有好多人在等！
Is it worth it?   值得嗎？

8. 選購商品

＊＊────────────

840. *How about~?* ～如何？
bargain (ˈbɑrgɪn) n. 便宜貨；廉價品   deal (dil) n. 交易
good deal 好交易；很划算   decent (ˈdisn̩t) adj. 相當好的
841. name (nem) v. 指定 (價格)   *name your price* 開價；出價
state (stet) v. 說明；確定；指定   fee (fi) n. 費用
842. what (hwɑt) adj. 多麼的   line (laɪn) n. 行列
So many are waiting! 源自 So many people are waiting!
worth (wɝθ) adj. 值得⋯的

♣ 一分錢一分貨，英文怎麼說？

□ 843. ***You get what you pay for.*** | 一分錢，一分貨。
| |
Quality depends on the price. | 品質取決於價格。
| |
The price depends on the quality. | 價格取決於品質。

□ 844. ***I'll be around.*** | 我會在附近。
| |
I'm not going anywhere. | 我哪裡都不會去。
| |
You know where to find me. | 你知道在哪裡可以找到我。

□ 845. ***What's your opinion?*** | 你有什麼意見？
| |
What's your impression? | 你有什麼想法？
| |
What do you think about this? | 你認爲如何？

**

843. ***pay for*** 付錢買　　quality〔ˈkwɑlətɪ〕*n.* 品質
depend on 取決於　　price〔praɪs〕*n.* 價錢；價格
844. around〔əˈraʊnd〕*adv.* 在附近
anywhere〔ˈɛnɪˌhwɛr〕*adv.* 任何地方
845. opinion〔əˈpɪnjən〕*n.* 意見
impression〔ɪmˈprɛʃən〕*n.* 印象；感覺；想法

□ 846. *We're running low.*　　　我們快用完了。
We're almost out.　　　　我們幾乎用完了。
We need to buy some　　我們需要再買一些。
more.

□ 847. *What do you*　　　　你推薦什麼？
recommend?
What do you suggest?　你有什麼建議？
What do you think is　你覺得什麼最好？
best?

** ───────────

846. run〔rʌn〕*v.* 變成
low〔lo〕*adj.* 不足的；短缺的；將耗盡的
run low 減少；快耗盡
當東西快用完時，除了上面三句話之外，你還可以說：
We're low on eggs. (我們的雞蛋快沒有了。)
We're almost out of milk.
(我們的牛奶快沒有了。)【*be out of* 沒有】
We need fruit and vegetables, too.
(我們也需要水果和蔬菜。)

847. recommend〔ˌrɛkə'mɛnd〕*v.* 推薦
What do you recommend? 也可說成：Do you have any
recommendations? (你有任何推薦嗎？)
注意：recommendation 須用複數形。
suggest〔səg'dʒɛst〕*v.* 建議
What do you think is best? 也可說成：What do you think
is the best?

□ **848.** *They're all alike.*　　　他們全部都很像。
　　　They all seem the　　　他們看起來都一樣。
　　　　same.
　　　Seen one, seen them　　　看一個就等於看了全部了！
　　　　all!

□ **849.** *What's your phone?*　　你用什麼電話？
　　　Android or iPhone?　　安卓還是蘋果？
　　　Which brand is it?　　　它是什麼品牌？

□ **850.** *I really like that.*　　　我真的很喜歡那個。
　　　Where did you get it?　　你去哪裡買的？
　　　How much did you　　　你付了多少錢？
　　　　pay?

8. 選購商品

** ─────────────

848. alike〔ə'laɪk〕*adj.* 相像的
seem〔sim〕*v.* 似乎；好像
Seen one, seen them all! 源自 If you've seen one, you've
　　seen them all! (如果你看了一個，你就看到全部了！)
849. phone〔fon〕*n.* 電話【在此指 cell phone (手機)】
Android〔'ændrɔɪd〕*n.* 安卓【Google 開發的作業系統】
iPhone〔'aɪ'fon〕*n.* 由蘋果（Apple）公司設計發售的智慧型手機
brand〔brænd〕*n.* 品牌
850. really〔'riəlɪ〕*adv.* 真地；非常
get〔gɛt〕*v.* 買　　pay〔pe〕*v.* 支付

android

9. 旅遊玩樂
Recreational Activities

用手機掃瞄聽錄音

□ 851. **The gang's all here!** | 大夥兒都在！
How's it going, you guys? | 你們好嗎？
Having a party without me? | 舉辦派對卻不找我？

【當你看到一群朋友時，可説這三句話】

□ 852. **Let's go crazy.** | 我們來瘋狂一下。
Let's let our hair down. | 我們要無拘無束。
Let's have a good time. | 我們好好玩一玩吧。

** ──────

851. gang〔gæŋ〕n. 一群；一幫
The Gang's All Here（大夥兒都在）是一部
1943 年的電影。 go〔go〕v. 進展
How's it going? 情況如何？；你好嗎？
guy〔gaɪ〕n. 人；傢伙
you guys 你們 have〔hæv〕v. 舉行
have a party 舉行派對
Having a party without me? 源自 Are you having a party
without me?

The Gang's All Here

852. crazy〔'krezɪ〕adj. 瘋狂的 **go crazy** 發瘋
let one's **hair down** 無拘無束
have a good time 玩得愉快

9.
旅
遊
玩
樂

□ 853. *Let's party hearty.*　　　　我們盡情玩樂吧。
Let's live it up.　　　　　　我們狂歡作樂吧。
Let's celebrate tonight.　　我們今天晚上來慶祝吧。

□ 854. *Go crazy.*　　　　　　　　要瘋狂。
Go nuts.　　　　　　　　要瘋狂。
Let your hair down.　　不要拘束。

□ 855. *We're going to have a*　　我們會玩得很愉快。
good time.
It's going to be fun.　　會很好玩。
You will enjoy it for　　你一定會喜歡。
sure.

9.旅遊玩樂

**─────

853. party〔'partɪ〕v. 狂歡　　hearty〔'hartɪ〕adj. 盡情的
party hearty 盡情歡樂 (= *have a great time*)；慶祝 (= *celebrate*)
live it up 盡情玩樂；狂歡作樂
celebrate〔'sɛlə,bret〕v. 慶祝

854. go〔go〕v. 變得 (= *become*)　　crazy〔'krezɪ〕adj. 瘋狂的
go crazy 發瘋　　nuts〔nʌts〕adj. 發瘋的
go nuts 發瘋　　*let one's hair down* 盡情放鬆；不要拘束

855. *have a good time* 玩得愉快；過得開心
fun〔fʌn〕adj. 有趣的　　enjoy〔ɪn'dʒɔɪ〕v. 喜歡
for sure 確定地；毫無疑問地 (= *for certain*)，這裡的介系詞
for 加上形容詞 sure 成為一個副詞片語，是一種特別的用
法。介系詞加形容詞的慣用語很少見。

□ 856. *Let's celebrate.* 　　　　　　　　我們來慶祝吧。
　　　　Let's have a party. 　　　　　　　我們來舉辦派對吧。
　　　　Let's enjoy it. 　　　　　　　　　我們好好玩一玩吧。

□ 857. *Let's have a ball.* 　　　　　　　　我們要玩得開心。
　　　　Let's have a blast. 　　　　　　　我們要玩得開心。
　　　　Let's cut loose. 　　　　　　　　我們要無拘無束。

□ 858. *Forget your troubles.* 　　　　　　忘卻你的煩惱。
　　　　Leave all your worries 　　　　　把所有煩惱的事都忘掉。
　　　　　behind.
　　　　Let the good times roll. 　　　　　開始歡樂的時刻。

＊＊ ——————————

856. celebrate〔'sɛlə,bret〕*v.* 慶祝
　　　have〔hæv〕*v.* 舉辦
　　　have a party 舉辦派對（= *give a party* = *throw a party*）
　　　enjoy〔ɪn'dʒɔɪ〕*v.* 享受；快樂地體驗
857. ball〔bɔl〕*n.* 舞會；玩得開心（= *a lot of fun*）
　　　have a ball 過得愉快；玩得開心（= *enjoy oneself*）
　　　blast〔blæst〕*n.* 爆炸；愉快的經歷（= *a very enjoyable*
　　　　experience）　　　*have a blast* 玩得很開心
　　　loose〔lus〕*adj.* 鬆的　　*cut loose* 鬆開；無拘束
858. forget〔fə'gɛt〕*v.* 忘記　　　trouble〔'trʌbl̩〕*n.* 麻煩；煩惱
　　　leave sth. behind 忘了某事
　　　roll〔rol〕*v.* 滾動；（時間）流逝
　　　Let the good times roll. = Let the fun begin.

□ **859.** *Let's have some fun.*　　　　我們找些樂趣吧。

Let's enjoy ourselves.　　　讓我們玩得高興。

Let's kick up our heels.　　讓我們盡情放鬆吧。

♣「票都賣完了」英文怎麼說？

□ **860.** *All sold out.*　　　　　全都賣完了。

All bought up.　　　　全被買光了。

They ran out of tickets.　他們沒有票了。

□ **861.** *It was cancelled.*　　　它被取消了。

It was called off.　　　它被取消了。

It was rescheduled.　　重新排定時間了。

** ————————————

859. fun〔fʌn〕 *n.* 樂趣　　　*have fun* 玩得愉快

enjoy oneself 玩得愉快　　　heel〔hil〕 *n.* 腳跟

kick up one's heels「把腳跟踢高」，表示「盡情放鬆；自在享樂」
之意。

860. *sold out* 銷售一空的；售完的

All sold out. = They're all sold out.

buy up 全部買下

All bought up. = They're all bought up.

run out of 用完；耗盡　　　ticket〔'tɪkɪt〕 *n.* 票

861. cancel〔'kænsḷ〕 *v.* 取消　　　*call off* 取消（= *cancel*）

reschedule〔ri'skɛdʒul〕 *v.* 重新排定時間

It was rescheduled. 也可說成：It was put off to another day.
（它被延到別天了。）【*put off* 拖延；延期】

□ 862. ***How do you get around?***　　你的交通方式是什麼？
　　　How do you travel?　　　你的交通方式是什麼？
　　　How did you get here?　　你是如何來這裡的？

□ 863. ***Let's take a ride.***　　　我們開車去兜風吧。
　　　Let's go for a drive.　　　我們開車去兜風吧。
　　　Let's cruise around　　　我們開車去市區到處兜風
　　　　town.　　　　　　　　吧。

□ 864. ***Drive safe.***　　　　　要安全地開車。
　　　Be cautious driving.　　　要小心地開車。
　　　Be careful on the road.　　在馬路上要小心。

**　**

862. ***get around*** 四處走動
　　　How do you get around? = How do you go from place to
　　　　place?
　　　travel〔'trævl〕*v.* 旅行；行進
863. ride〔raɪd〕*n.* 搭乘
　　　take a ride 乘車；開車去兜風（ = *take a drive* ）
　　　go for a drive 開車去兜風（ = *go for a ride* ）
　　　cruise〔kruz〕*v.* 巡航；（開車）緩慢巡行；兜風
　　　around〔ə'raʊnd〕*prep.* 在⋯到處
　　　town〔taʊn〕*n.* 城鎮；（城鎮的）市中心
864. safe〔sef〕*adv.* 安全地
　　　cautious〔'kɔʃəs〕*adj.* 小心的；謹慎的
　　　Be cautious driving. = Be cautious while driving.
　　　careful〔'kɛrfəl〕*adj.* 小心的　　road〔rod〕*n.* 道路

9.
旅
遊
玩
樂

□ **865.** ***Be safe.*** 　　　　　　　　要安全。

Safety first. 　　　　　　安全第一。

Better safe than sorry. 　　安全總比後悔好。

□ **866.** ***Want to come?*** 　　　　你要來嗎？

Want to tag along? 　　　　你要跟著來嗎？

Care to keep me 　　　　　你要陪我嗎？
　company?

□ **867.** ***It might rain.*** 　　　　　可能會下雨。

Bring some rain gear. 　　　請攜帶一些雨具。

Bring an umbrella just 　　帶把雨傘以防萬一。
　in case.

**

865. safe〔sef〕*adj.* 安全的　　safety〔'seftɪ〕*n.* 安全
sorry〔'sɔrɪ〕*adj.* 遺憾的；後悔的
Better safe than sorry. 是諺語，源自 It is better to be safe
　than sorry.

866. tag〔tæg〕*n.* 標籤　*v.* 貼標籤；尾隨；緊跟在後 < *along*；*behind* >
care〔kɛr〕*v.* 想做某事 < *to V.* >
company〔'kʌmpənɪ〕*n.* 陪伴
keep *sb.* ***company*** 陪伴某人
這三句話句首都省略了 Do you。

867. rain〔ren〕*v.* 下雨　*n.* 雨
gear〔gɪr〕*n.* 裝置；裝備
rain gear 雨具　　***in case*** 以防；萬一
just in case 以防萬一

rain gear

9.
旅遊玩樂

□ **868.** *Start up your engine.*　　發動你的引擎。
Step on the gas.　　加快速度。
Pick up your speed.　　加快速度。

□ **869.** *What is that building?*　　那棟建築物是什麼？
What is that place?　　那是什麼地方？
It looks so interesting.　　它看起來很有趣。

□ **870.** *What a skyline!*　　多麼好看的天際線！
So many skyscrapers!　　有好多摩天大樓！
All reaching up to the
sky.　　全都高聳入雲。

＊＊──────────

868. *start up* 啓動；使開始運轉　　engine〔ˈɛndʒɪn〕*n.* 引擎
step〔stɛp〕*v.* 踩　　gas〔gæs〕*n.* 汽油
step on the gas 踩（汽車的）油門；加快速度
pick up 增加（速度）
speed〔spid〕*n.* 速度

869. building〔ˈbɪldɪŋ〕*n.* 建築物

870. what〔hwɑt〕*adj.* 多麼的；何等的
skyline〔ˈskaɪˌlaɪn〕*n.*（群山、都市建築物等的）
空中輪廓；天際線

skyline

What a skyline! 也可說成：What a nice skyline!
skyscraper〔ˈskaɪˌskrepɚ〕*n.* 摩天大樓
So many skyscrapers! 源自 There are so many skyscrapers!
reach up to 延伸到　　sky〔skaɪ〕*n.* 天空
reach up to the sky 高聳入雲

□ 871. *It's dead ahead.*　　　　　它就在前方。
　　　 It's straight ahead.　　　　它就在前方。
　　　 It's right in front of you.　它就在你的前面。

□ 872. *We're getting there*　　　我們很快就會到達那裡。
　　　　　quickly.
　　　 We're making good　　　　我們走得很快。
　　　　　time.
　　　 We have plenty of time　　我們還剩很多時間。
　　　　　to spare.

□ 873. *We're cornered.*　　　　　我們被困住了。
　　　 We're boxed in.　　　　　　我們被困住了。
　　　 There's no way out.　　　　沒路可走。

** ─────────

871. dead〔dɛd〕*adv.* 直直地；正好地　　ahead〔ə'hɛd〕*adv.* 在前方
　　 dead ahead 就在前方　　straight〔stret〕*adv.* 筆直地
　　 right〔raɪt〕*adv.* 正好；就　　*in front of* 在…的前面
872. get〔gɛt〕*v.* 到達　　quickly〔'kwɪklɪ〕*adv.* 很快地
　　 make good time 高速行駛；快速前進；走得很快；在旅途中
　　　花的時間比預計的少　　*plenty of* 很多的
　　 spare〔spɛr〕*v.* 撥出；抽出　　*to spare* 多餘的；剩下的
873. corner〔'kɔrnɚ〕*n.* 轉角　*v.* 使陷入絕境
　　 We're cornered.「我們被擠到牆角。」表示「我們被困住了。」
　　 box〔bɑks〕*v.* 把…裝箱　　*box in* 困住
　　 There's no way out. 也可說成：We have absolutely no way
　　　to escape. (我們完全無路可逃。)【escape〔ə'skep〕*v.* 逃走】

□ 874. ***We are stuck***. 　　　　我們動彈不得。
　　　 We are trapped. 　　　　我們被困住了。
　　　 We can't move. 　　　　我們沒辦法動。

□ 875. ***Pull over***. 　　　　　靠邊停車。
　　　 Turn off the road. 　　　離開這條路。
　　　 Move to the side of the 　開到路邊去。
　　　　 road.

□ 876. ***Let's walk around***. 　　我們到處走走吧。
　　　 Let's cruise around. 　　我們到處走走吧。
　　　 Let's see what we can 　看看我們能看到什麼吧。
　　　　 see.

【邀請朋友到處走走，可以説這三句話】

＊＊────────────

874. stick〔stɪk〕v. 困住；阻塞
　　We are stuck. 「我們被困住了。」表示「我們動彈不得。」
　　trap〔træp〕v. 使落入圈套；使陷入困境
　　move〔muv〕v. 移動；前進；行進

875. pull〔pul〕v. 拉　　***pull over*** 開到路邊；靠邊停車
　　turn off 離開（某條路）
　　Turn off the road. 也可説成：Drive your car off the road.
　　　（把你的車開離這條路。）
　　move to 在此等於 drive to 或 go to。
　　side〔saɪd〕n. 旁邊　　***the side of the road*** 路邊

876. around〔əˋraund〕adv. 到處；四處　　***walk around*** 到處走走
　　cruise〔kruz〕v. 巡航；（人）毫無目標地到處走；漫遊

9. 旅遊玩樂

♣ 中文説「人山人海」，英文怎麼説？

☐ 877. *What a mountain of people!*	眞是人山人海！
What a sea of people!	眞是人山人海！
What a ton of people!	人好多！

☐ 878. *It was jam-packed.*	那裡擠爆了。
We stood shoulder to shoulder.	我們肩並肩地站著。
We were packed like sardines.	我們擠得像沙丁魚一樣。

☐ 879. *Go faster.*	走快點。
Hurry up.	趕快。
Pick up the pace.	加快速度。

** ——————

877. *a mountain of* 很多的（= a sea of = a ton of = a bunch of）
ton〔tʌn〕n. 公噸　　bunch〔bʌntʃ〕n. 一群；一束；一串
878. jam〔dʒæm〕v. 塞滿；阻塞
packed〔pækt〕adj. 擠滿的；擁擠的　　jam-packed adj. 擠滿的
shoulder to shoulder 肩並肩地；緊靠地
We stood shoulder to shoulder. 也可説成：We stood very
　　close together.（我們靠得很近地站著。）
sardine〔sɑr'din〕n. 沙丁魚
packed like sardines 擠得像沙丁魚一樣；擁擠不堪
879. *hurry up* 趕快　　*pick up* 增加（速度）
pace〔pes〕n. 步調；速度　　*pick up the pace* 加快速度

□ 880. *Let's walk down every street.* 　　　　讓我們走遍每條街。

Let's cover every inch of this city. 　　　　讓我們走遍整個城市。

Let's learn about this city inside out. 　　　　讓我們徹底了解這個城市。

□ 881. *It's far away.* 　　　　那裡很遠。

It's not nearby. 　　　　那裡不在附近。

It's out of the way. 　　　　那裡很偏僻。

♣「我迷路了」英文怎麼說？

□ 882. *I'm lost.* 　　　　我迷路了。

I've lost my way. 　　　　我迷路了。

I don't know where I am. 　　　　我不知道自己身在何方。

＊＊————————

880. down〔daʊn〕*prep.* 沿著（= *along*）
cover〔'kʌvɚ〕*v.* 覆蓋；走過　　inch〔ɪntʃ〕*n.* 英吋
every inch of~ ～的各個角落　　*learn about* 知道；了解
inside out 徹底地（= *inside and out*）

881. *far away* 遙遠　　nearby〔'nɪr,baɪ〕*adv.* 在附近
out of the way 離開道路；很偏僻
It's out of the way. = It's remote.【remote〔rɪ'mot〕*adj.* 偏僻的】

882. lost〔lɔst〕*adj.* 迷路的　　*lose one's way* 迷路

♣ 你走不動了，想要休息一下，可以說下面三句話

□ 883. *I'm tired out.*　　　　　　　我非常疲倦。
I'm totally beat.　　　　　　我徹底累垮了。
I need to get off my　　　　我需要歇歇腳。
　　feet.

□ 884. *Let's find some shade.*　　我們去找個陰涼的地方吧。
We can cool off.　　　　　　我們可以涼快一下。
We can escape this　　　　　我們可以避暑。
　　heat.

□ 885. *My advice to you:*　　　　我給你的建議是：
Travel light.　　　　　　　　旅行時，行李帶少一點。
Don't carry too much.　　　別帶太多。

＊＊────────────

883. *tired out* 非常疲倦；累垮了
totally (ˈtotl̩ɪ) *adv.* 完全地；徹底地
beat (bit) *adj.* 筋疲力盡的　　feet (fit) *n. pl.* 腳
get off one's *feet* 坐下或躺下 (而不是站著或走路) (= *sit or lie
down, rather than stand or walk*)

884. shade (ʃed) *n.* 蔭；陰涼處　　*cool off* 變涼
escape (əˈskep) *v.* 逃離；避免　　heat (hit) *n.* 熱
escape the heat 避暑

885. advice (ədˈvaɪs) *n.* 建議；勸告
travel (ˈtrævl̩) *v.* 旅行　　light (laɪt) *adv.* 輕便地
travel light 旅行時攜帶很少的行李；輕裝旅行
carry (ˈkærɪ) *v.* 攜帶

9.
旅
遊
玩
樂

♣ 請別人幫忙拍照，可以說下面三句話

☐ 886. *Would you please take our picture?* 　能請你幫我們拍照嗎？

Do you mind? 　你介意嗎？

We'd be so grateful. 　我們會很感激。

☐ 887. *Go back*. 　後退。

Come closer. 　往前一點。

Stop right there. 　就停在那裡。

【幫別人拍照時，指揮他移動位置，可以這麼說】

♣ 提到某件事的時間快到了，可以用下面三句話

☐ 888. *It's coming soon*. 　時間快到了。

It won't be long from now. 　距離現在不遠了。

It'll be here before you know it. 　很快就會來到。

**

886. *take one's picture* 幫某人拍照　　mind〔maɪnd〕v. 介意
grateful〔'gretfəl〕adj. 感激的
887. *go back* 回去；後退　　close〔klos〕adv. 靠近地；接近地
Come closer. 字面的意思是「再靠近一點。」引申為
「往前一點。」　　*right there* 就在那裡
888. *It's coming soon*. 時間快到了。
例如：Christmas is coming soon.（聖誕節快到了。）
long〔lɔŋ〕adj.（時間）很久的　　*from now* 距離現在
before you know it 在你知道之前；很快地（= *very soon*）

□ **889.** ***Happy Valentine's Day!*** | 情人節快樂！
Happy Lovers' Day! | 情人節快樂！
We were made for each other. | 我們是天生一對。

♣ **以下十二句都是中秋節應景的話**

□ **890.** ***The Mid-Autumn Festival is coming.*** | 中秋節就快到了。
Time for a family reunion. | 這是家人團圓的時刻。
Relax and share a meal. | 要放輕鬆，一起吃頓飯。

**──────

889. Valentine's Day〔'vælən,taɪnz'de〕*n.* 情人節
Lovers' Day 情人節
be made for each other 天造地設；是天作之合
We were made for each other. 字面的意思是「我們是爲了彼此而被創造出來的。」引申爲「我們是天生的一對。」也可説成：We are a perfect match.（我們是完美的一對。）We belong together.（我們兩個很合適。）【match〔mætʃ〕*n.*（合適的）配偶；夫婦 belong〔bə'lɔŋ〕*v.* 屬於；該在（適當的位置）】

890. autumn〔'ɔtəm〕*n.* 秋天 festival〔'fɛstəvḷ〕*n.* 節日
Mid-Autumn Festival 中秋節（= *Moon Festival*）
family〔'fæməlɪ〕*n.* 家庭；家人
reunion〔rɪ'junjən〕*n.* 團圓
Time for a family reunion. 源自 It's time for a family reunion.
relax〔rɪ'læks〕*v.* 放鬆 share〔ʃɛr〕*v.* 分享；共享
meal〔mil〕*n.* 一餐

☐ **891.** *The Moon Festival is here.*　中秋節到了。

Eat moon cakes.　要吃月餅。

Enjoy looking at the full moon.　好好欣賞滿月。

☐ **892.** *Happy Moon Festival!*　中秋節快樂！

Happy Mid-Autumn Festival!　中秋節快樂！

Wishing you all the best.　祝你萬事如意。

☐ **893.** *Have a wonderful Moon Festival!*　祝你有個很棒的中秋節！

Enjoy your family reunion.　好好享受全家團圓。

Enjoy a nice feast together.　好好一起享用美好的大餐。

9. 旅遊玩樂

**

891. moon〔mun〕*n.* 月亮　　*Moon Festival* 中秋節
moon cake 月餅　　*look at* 看著；注視
full〔fʊl〕*adj.* 充足的；滿的　　*full moon* 滿月

892. wish〔wɪʃ〕*v.* 希望；祝福
Wishing you all the best. 也可說成：I wish you all the best.

893. wonderful〔ˈwʌndəfəl〕*adj.* 很棒的
reunion〔rɪˈjunjən〕*n.* 團圓　　feast〔fist〕*n.* 盛宴

10. 社交生活
Enjoying Social Life

用手機掃瞄聽錄音

□ **894.** *Make eye contact.*　　要有目光接觸。
　　Nod your head.　　要點頭。
　　Smile.　　要微笑。

□ **895.** *I'm bad with names.*　　我不擅長記人名。
　　I'm good with faces.　　我擅長記住臉。
　　I know we have met.　　我知道我們見過面。

□ **896.** *May I ask your name?*　　我可以問你的名字嗎？
　　What name do you go　　你叫什麼名字？
　　　by?
　　What should I call you?　　我應該怎麼稱呼你？

** ————————————

894. contact（ˈkɑntækt）*n.* 接觸　　*eye contact* 目光接觸
make eye contact 有目光接觸　　nod（nɑd）*v.* 點（頭）
smile（smaɪl）*v.* 微笑

895. bad（bæd）*adj.* 拙劣的；不能勝任的；不擅長的
I'm bad with names. = I'm bad at remembering names.
good（gud）*adj.* 擅長的；對…拿手的
I'm good with faces. = I'm good at remembering faces.
meet（mit）*v.* 遇見；認識

896. *go by* 以…爲名　　call（kɔl）*v.* 叫；稱呼

☐ **897.** *Long time no see.* ｜ 好久不見。
　　 Where have you been? ｜ 你到哪裡去了？
　　 We all missed you. ｜ 我們都很想念你。

♣ 遇到面熟的人，可以問他下面三句話

☐ **898.** *Have we met before?* ｜ 我們以前見過嗎？
　　 I think I know you. ｜ 我想我認識你。
　　 I just can't place you. ｜ 我就是認不得你。

☐ **899.** *You two look alike.* ｜ 你們兩個看起來很像。
　　 You two could be twins. ｜ 你們兩個可能是雙胞胎。
　　 You're the spitting ｜ 你們彼此非常像。
　　　 image of each other.

** ────────────

897. *Long time no see.* 可能是唯一來自中文的美語，現在美國人用
　　 得很普遍。不可説成：*Long time no see you.*（誤）
　　 miss〔mɪs〕*v.* 想念

898. *I think I know you.* 可説成：I think I know you from
　　 somewhere.（我也許是在某處見過你。）（= *I have probably*
　　 seen you around somewhere.）
　　 place〔ples〕*v.* 認出；記得；想起
　　 I just can't place you. 也有人説：I just can't place your face.
　　 （我就是認不出你的面孔。）

899. look〔luk〕*v.* 看起來　　alike〔ə'laɪk〕*adj.* 相像的
　　 twins〔twɪnz〕*n. pl.* 雙胞胎　　spit〔spɪt〕*v.* 吐口水
　　 image〔'ɪmɪdʒ〕*n.* 形象；影像　　*spitting image* 酷似的人或物
　　 You're the spitting image of each other. = You look exactly
　　 alike.【exactly〔ɪg'zæktlɪ〕*adv.* 完全地】

♣「久仰大名」英文怎麼説？

☐ 900. ***Nice to meet you***.　　　　　　很高興認識你。
　　　　I've heard a lot about　　　　久仰你大名。
　　　　　you.
　　　　Your reputation　　　　　　久仰你大名。
　　　　　precedes you.

☐ 901. ***Here's my number***.　　　　　這是我的電話號碼。
　　　　Call me anytime.　　　　　　隨時打電話給我。
　　　　Let's keep in touch.　　　　　我們保持連絡吧。

☐ 902. ***Text me***.　　　　　　　　　傳簡訊給我。
　　　　Send me a text.　　　　　　傳簡訊給我。
　　　　Shoot me an e-mail.　　　　發電子郵件給我。

** ————

900. meet〔 mit 〕*v.* 遇見；認識
　　　reputation〔,rɛpjə'teʃən 〕*n.* 名聲
　　　precede〔 prɪ'sid 〕*v.* 走在前面
　　　Your reputation precedes you.「你的名聲走在你前面。」表示
　　　　「久仰你大名。」
901. number〔'nʌmbɚ 〕*n.* 號碼；電話號碼 (= *telephone number*)
　　　anytime〔'ɛnɪ,taɪm 〕*adv.* 隨時　　touch〔 tʌtʃ 〕*n.* 接觸；連絡
　　　keep in touch 保持連絡
902. text〔 tɛkst 〕*v.* 傳簡訊　　*n.* 簡訊 (= *text message*)
　　　send〔 sɛnd 〕*v.* 傳；寄　　shoot〔 ʃut 〕*v.* 發射；投出；抛出
　　　e-mail〔'i,mel 〕*n.* 電子郵件 (= *electronic mail*)
　　　【electronic〔 ɪ,lɛk'trɑnɪk 〕*adj.* 電子的】

10.
社交生活

♣ 和很久沒見的朋友打招呼，可以用下面的句子

□ 903. ***You all right?***　你好嗎？
It's been ages.　已經很久沒見了。
So nice to see you.　能見到你真好。

□ 904. ***What a nice surprise!***　真是令人驚喜！
It's been a while.　好久不見。
Seems like forever　自從我們上次見面以來似
　　since we last met.　乎過了很久。

□ 905. ***How's your family?***　你的家人好嗎？
How is everyone?　每個人都好嗎？
Is everyone doing OK?　大家都還好嗎？

**

903. ***You all right?*** 源自 Are you all right?
ages〔ˈedʒɪz〕*n. pl.* 很長的時間
904. what〔hwɑt〕*adj.*【用於感嘆句】多麼的
surprise〔səˈpraɪz〕*n.* 令人驚訝的事
while〔hwaɪl〕*n.* 一段時間
It's been a while.「已經有一段時間。」引申為「好久不見。」
seem〔sim〕*v.* 似乎
forever〔fəˈɛvə〕*adv.* 永遠　*n.* 很長的時間
last〔læst〕*adv.* 上次
Seems like forever since we last met.
= It seems like forever since we last met.
905. family〔ˈfæməlɪ〕*n.* 家庭；家人　　do〔du〕*v.* 進展
OK〔ˈoˈke〕*adv.* 好地；沒問題地

□ **906.** ***Give him my regards.***   請代我向他問候。
     Give him my best   請代我向他問候。
       wishes.
     Tell him I said hello.   告訴他我向他問好。

□ **907.** ***What a surprise!***   眞令人驚訝！
     Fancy meeting you here!   想不到會在這裡見到你！
     Where have you been   你最近躲到哪裡去了？
       hiding?

♣ **問別人有空嗎，可以用下面三句話**

□ **908.** ***Do you have time?***   你有時間嗎？
     Are you free right now?   你現在有空嗎？
     Are you available?   你有空嗎？

＊＊————————————

906. regards〔rɪ'gɑrdz〕*n. pl.* 問候
     Give him my regards. 也可說成：Give him my best regards.
     wishes〔'wɪʃɪz〕*n. pl.* 祝福
     Give him my best wishes. 也常說成：Give him my best.
     say hello 說 hello；問好
907. fancy〔'fænsɪ〕*v.* 想想看【用於祈使語氣，表示輕微的驚訝】
     meet〔mit〕*v.* 遇見
     Fancy meeting you here! = How nice to meet you here!
       （能在這裡見到你眞好！）
     hide〔haɪd〕*v.* 躲藏
908. free〔fri〕*adj.* 有空的   ***right now*** 現在
     available〔ə'veləbḷ〕*adj.* 有空的

**10.
社交生活**

☐ **909.** *Speak of the devil.*　　　【諺】說曹操，曹操就到。
　　　We were just talking　　　我們正在談論你。
　　　　about you.
　　　There you are.　　　　　　你就來了。

☐ **910.** *Nice to see you.*　　　很高興見到你。
　　　I'm glad you're here.　　　我很高興你在這裡。
　　　So good you could　　　　你能來真好。
　　　　make it.

♣ **客人來到家裡，你可以和他說下面三句話**

☐ **911.** *Just relax.*　　　　　放輕鬆一點。
　　　Help yourself to　　　　想要什麼自己拿。
　　　　anything.
　　　Sit anywhere you like.　喜歡坐哪裡就坐哪裡。

** ─────────────────

909. *speak of* 談到　　devil〔ˈdɛvḷ〕*n.* 魔鬼
　　Speak of the devil.（說曹操，曹操就到。）是句諺語，也可說
　　　成：Speak of the devil and he is sure to appear. 意思相同。
　　just〔dʒʌst〕*adv.*【與進行式連用】正在　　*talk about* 談論
　　There you are. = You're here. = Here you are.（你來了。）
910. *Nice to see you.* 源自 It's nice to see you.
　　make it 成功；辦到；能來
　　So good you could make it. 源自 It is so good that you could
　　　make it.【*so…that* 如此…以致於】
911. relax〔rɪˈlæks〕*v.* 放鬆　　*help oneself to* 自行取用
　　anywhere〔ˈɛnɪˌhwɛr〕*adv.* 任何地方；隨便什麼地方

☐ **912.** ***Don't be polite*.** | 不要客氣。
Don't be courteous. | 不要客氣。
Just be yourself. | 做你自己就好。

☐ **913.** ***How was your day?*** | 你一天過得如何？
How did it go? | 情況如何？
Tell me all about it. | 全都告訴我吧。

☐ **914.** ***Never overstay*.** | 絕不要待太久。
Never stay too long. | 絕不要待太久。
Don't wear out your | 【諺】不要待太久，讓人討
welcome. | 厭。

** ——————

912. polite〔pə'laɪt〕*adj.* 有禮貌的；客氣的
courteous〔'kɝtɪəs〕*adj.* 有禮貌的；客氣的
just〔dʒʌst〕*adv.* 就；只是
yourself〔jʊr'sɛlf〕*pron.* 你自己
***Just be yourself*.** = Just act natural. (只要自然就好。)
= Just act as you naturally would. (只要自然就好。)
【act〔ækt〕*v.* 舉止；表現】

913. go〔go〕*v.* 進展
How did it go? 也可說成：How was it? (情況如何？)
tell *sb.* ***about*** *sth.* 告訴某人某事

914. overstay〔'ovɚ'ste〕*v.* 逗留得過久　　stay〔ste〕*v.* 停留
long〔lɔŋ〕*adv.* 長時間地　　***wear out*** 磨損；耗盡；使厭倦
welcome〔'wɛlkəm〕*n.* 歡迎
wear out *one's* ***welcome*** 待得太久而不受歡迎

♣ 結交新朋友時，可以問他這些問題

☐ 915. *What are you into?* | 你對什麼有興趣？
What are your hobbies? | 你有什麼嗜好？
Are you in any clubs? | 你有參加任何社團嗎？

☐ 916. *We're friends forever.* | 我們是永遠的朋友。
We're friends till we die. | 我們是終生的朋友。
Always close no matter | 無論如何，都要一直很
what! | 親密！

☐ 917. *I'd like to give a toast.* | 我想要舉杯祝賀。
To health and happiness! | 爲健康和幸福乾杯！
To friendship and future | 爲友誼和未來的成功乾
success! | 杯！

** ————————

915. into〔'ɪntu〕*prep.* 熱中～的；對～有興趣
What are you into? = What are you interested in?
hobby〔'hɑbɪ〕*n.* 嗜好　　club〔klʌb〕*n.* 俱樂部；社團

916. forever〔fə'ɛvə〕*adv.* 永遠　　till〔tɪl〕*conj.* 直到
close〔klos〕*adj.* 親密的　　*no matter what* 無論如何
Always close no matter what! 源自 We will always be close
no matter what!

917. toast〔tost〕*n.* ①吐司麵包 ②乾杯；舉杯祝賀　*v.* 爲～乾杯
give a toast 舉杯祝賀（= *make a toast* ）
To health and happiness! 源自 Let's toast to health and
happiness!（讓我們爲健康和幸福乾杯！）
future〔'fjutʃə〕*n., adj.* 未來（的）　　success〔sək'sɛs〕*n.* 成功

11. 鼓勵別人
Encouraging Others

用手機掃瞄聽錄音

☐ **918.** ***Take a chance.***　　　　要冒一次險。
　　　　Risk it.　　　　　　　　要冒險。
　　　　You have nothing to　　你沒什麼損失。
　　　　　　lose.

☐ **919.** ***Keep on trying.***　　　　要持續努力。
　　　　Things may improve.　　情況可能會改善。
　　　　Never give up too soon.　絕對不要太早放棄。

☐ **920.** ***I don't blame you.***　　我不怪你。
　　　　It's not your fault.　　　那不是你的錯。
　　　　You're not to blame.　　你不該受責備。

** ————————————————————

918. chance〔tʃæns〕*n.* 機會;危險;冒險　　***take a chance*** 冒險
　　risk〔rɪsk〕*v.* 冒險做…　***risk it*** 冒險
　　lose〔luz〕*v.* 失去;損失
　　You have nothing to lose. 也可説成:What have you got to
　　　lose?(你會有什麼損失呢?)【***have got*** 有(= *have*)】

919. ***keep on*** 持續　　try〔traɪ〕*v.* 嘗試;努力
　　things〔θɪŋz〕*n. pl.* 事情;情況　　improve〔ɪm'pruv〕*v.* 改善
　　give up 放棄　　soon〔sun〕*adv.* 早;快

920. blame〔blem〕*v.* 責備　　fault〔fɔlt〕*n.* 過錯
　　be to blame 該受責備

☐ **921.** *Don't be upset.*　　　　　　不要感到難過。
　　　Don't take it too hard.　　　不要太難過。
　　　Don't let it get you　　　　不要因爲這件事而感到消
　　　down.　　　　　　　　　　沈。

☐ **922.** *Give it a try.*　　　　　　試試看。
　　　Give it a shot.　　　　　　試試看。
　　　It couldn't hurt.　　　　　沒有什麼害處。

☐ **923.** *Come what may.*　　　　無論發生什麼事。
　　　Whatever the　　　　　　無論有什麼情況。
　　　circumstances.
　　　We'll always be　　　　　我們永遠是朋友。
　　　friends.

** ————————————————

921. upset〔ʌpˈsɛt〕*adj.* 難過的；不高興的
　　take sth. hard 因爲某事而難過（= *be upset by sth.*）
　　get sb. down 使某人消沈

922. try〔traɪ〕*n.* 嘗試　　*give it a try* 試試看
　　shot〔ʃɑt〕*n.* 射擊；嘗試　　*give it a shot* 試試看
　　hurt〔hɝt〕*v.* 妨礙；有害；困擾【用於否定句】

923. *Come what may.* 源自 Whatever may come.（無論發生什麼
　　事。）（= *Whatever happens.*）
　　whatever〔hwɑtˈɛvɚ〕*pron.* 無論什麼
　　circumstance〔ˈsɝkəmˌstæns〕*n.* 情況
　　Whatever the circumstances. 源自 Whatever the
　　circumstances may be.（無論有什麼情況。）

11.
鼓勵別人

☐ **924.** *You're not responsible.*　　　　你不必負責任。
　　　　Don't feel bad.　　　　　　　不要覺得難過。
　　　　Don't think anything　　　　別擔心。
　　　　　of it.

☐ **925.** *The coast is clear*.　　　　　現在是安全的。
　　　　There is no danger.　　　　　沒有危險。
　　　　You have a green light.　　　你可以走了。

♣「會吵的小孩有糖吃」英文怎麼說？

☐ **926.** *Speak up*.　　　　　　　　要大聲說。
　　　　Get noticed.　　　　　　　　要讓人注意到。
　　　　The crying baby gets　　　　會吵的小孩有糖吃。
　　　　　the milk.

＊＊────────────

924. responsible〔rɪ'spɑnsəbḷ〕*adj.* 應負責任的
　　bad〔bæd〕*adj.* 難過的；抱歉的
　　Don't think anything of it. = Think nothing of it.
　　= Don't worry about it.【*think nothing of it* 別擔心】

925. coast〔kost〕*n.* 海岸　　clear〔klɪr〕*adj.* 無障礙物的
　　***The coast is clear*.** 字面的意思是「海岸沒有阻礙。」是指
　　　　走私時,「海岸巡邏隊不在」的意思,引申為「沒有阻礙；
　　　　沒有危險；很安全。」　　*green light* 綠燈；許可

926. ***speak up*** 大聲說　　get〔gɛt〕*v.* 被
　　notice〔'notɪs〕*v.* 注意到　　crying〔'kraɪɪŋ〕*adj.* 哭叫的
　　***The crying baby gets the milk*.**「會哭的嬰兒有牛奶喝。」
　　　　引申為「會吵的小孩有糖吃。」

♣ 告訴對方不要害怕，可以用下面六句話

□ 927. *Fear not.* 　不要害怕。
　　　Don't be afraid. 　不要害怕。
　　　There's nothing to fear. 　沒什麼好怕的。

□ 928. *Don't be scared.* 　不要害怕。
　　　Don't be frightened. 　不要害怕。
　　　Be brave. 　要勇敢。

□ 929. *You'll be safe.* 　你會很平安。
　　　You'll be well taken
　　　　care of. 　你會受到良好的照顧。
　　　You'll be in good hands. 　你會得到妥善的照顧。

□ 930. *Surprise me.* 　要讓我驚訝。
　　　Shock me. 　要使我震驚。
　　　Wow me. 　要使我大為讚賞。

** ─────────────────────

927. fear〔fɪr〕*v.* 害怕　　*Fear not.* = Don't fear.
　　afraid〔ə'fred〕*adj.* 害怕的
928. scared〔skɛrd〕*adj.* 害怕的
　　frightened〔'fraɪtn̩d〕*adj.* 害怕的　　brave〔brev〕*adj.* 勇敢的
929. *take care of* 照顧　　hands〔hændz〕*n. pl.* 支配；照顧；保護
　　in good hands 得到妥善照顧
930. surprise〔sə'praɪz〕*v.* 使驚訝　　shock〔ʃɑk〕*v.* 使震驚
　　wow〔waʊ〕*v.* 使大為讚賞；使「哇！哇！」地熱烈讚賞

**11.
鼓勵別人**

□ 931. ***Ask, and you shall
receive*.** | 你們祈求，就給你們。

**Search, and you shall
find.** | 尋找，就尋見。

**Knock, and the door
will open.** | 叩門，就給你們開門。

【這三句話出自「聖經」，當有人想要或需要某樣事物時，就可
說這三句，表示「你會得到你所需要的。」】

□ 932. ***Get to it*.** | 要開始做。

Do it now. | 現在就做。

I guarantee you success. | 我保證你會成功。

□ 933. ***Be full of energy*.** | 要充滿活力。

Be full of enthusiasm. | 要充滿熱忱。

Do as much as you can. | 要盡力而為。

＊＊───────────

931. shall〔ʃæl〕*aux.* 將；會   receive〔rɪˈsiv〕*v.* 收到；得到
search〔sɝtʃ〕*v.* 尋找   knock〔nɑk〕*v.* 敲門

932. ***get to*** 開始；著手處理
guarantee〔͵gærənˈti〕*v.* 向（某人）保證～
success〔səkˈsɛs〕*n.* 成功
***I guarantee you success*.** 也可說成：
    I guarantee you will succeed. 【succeed〔səkˈsid〕*v.* 成功】

933. ***be full of*** 充滿   energy〔ˈɛnɚdʒɪ〕*n.* 活力
enthusiasm〔ɪnˈθjuzɪ͵æzəm〕*n.* 熱忱
as⋯as one can 盡可能⋯

knock

♣ 鼓勵別人要有活力、有熱情，可以說下面六句話

☐ 934. ***Be dynamic.*** 要充滿活力。
Be energetic. 要精力充沛。
Be a live wire. 要做一個有活力的人。

☐ 935. ***Be passionate.*** 要有熱情。
Don't hold back. 不要保留。
Put all your energy into 要投注你全部的精力。
　　it.

☐ 936. ***Go where you want to*** 去你想去的地方。
　　go.
Do what you want to do. 做你想要做的事。
Be all you can be. 要發揮你所有的潛力。

**————————

934. dynamic〔daɪˋnæmɪk〕*adj.* 充滿活力的
energetic〔͵ɛnɚˋdʒɛtɪk〕*adj.* 精力充沛的；充滿活力的
live〔laɪv〕*adj.* 活的；有活力的；通電的　　wire〔waɪr〕*n.* 電線
live wire 有電流的電線；活躍而精力充沛的人；生龍活虎的人

935. passionate〔ˋpæʃənɪt〕*adj.* 熱情的
hold back 克制；保留（= *keep back*）
energy〔ˋɛnɚdʒɪ〕*n.* 精力

936. ***Go where you want to go.*** 可簡化成：Go where you want.
Do what you want to do. 可簡化成：Do what you want.
Be all you can be. 可說成：Be all that you can be. 字面的意
　　思是「成爲你所有能成爲的。」引申爲「發揮你所有的潛力，
　　成爲最好的自己。」（= *Realize your full potential.*）

11.
鼓
勵
別
人

□ **937.** ***Trouble is everywhere.***   煩惱無所不在。
     You can't avoid it.   你無法避免。
     Don't let trouble   不要讓煩惱控制你的生活。
      control your life.

♣ 鼓勵朋友要有信心，可以用下面六句話

□ **938.** ***Have confidence.***   要有信心。
     Things will work out.   事情會成功的。
     Things will turn out   事情最後會有好的結局。
      fine.

□ **939.** ***Do your best.***   要盡全力。
     Try as hard as you can.   要盡力而為。
     Take your best shot.   要好好表現。

** ─────────────

937. trouble〔'trʌbḷ〕*n.* 麻煩；煩惱
everywhere〔'ɛvrɪˌhwɛr〕*adv.* 到處；各處
avoid〔ə'vɔɪd〕*v.* 避免　　control〔kən'trol〕*v.* 控制
938. confidence〔'kɑnfədəns〕*n.* 信心　　***work out*** 成功；產生結果
turn out 結果成為　　fine〔faɪn〕*adj.* 好的
Things will turn out fine. 也可說成：Things will turn out
    OK. 或 Things will turn out well.
939. ***do one's best*** 盡力（= *try one's best*）　　***try hard*** 努力
as~as one can 盡可能地~（= *as~as possible*）
shot〔ʃɑt〕*n.* 射擊；嘗試；猜測　　***take a shot*** 射擊；猜測
take your best shot 盡力而為（= *give it your best shot*
    = *try your best*）

♣ 下面三句祝福語，可以送給你身邊所有的親朋好友

☐ 940. *May your troubles be small.* 願你的麻煩很小。

May your worries be few. 願你的憂慮很少。

May life be wonderful to you. 願你的生活過得很好。

☐ 941. *Things will get better.* 情況會好轉。

The sun will come up. 太陽將會出現。

It's always darkest before the dawn. 黎明之前總是最黑暗的；否極泰來。

** ————————

940. may〔me〕*aux.* 但願【表示願望】

worry〔'wɝɪ〕*n.* 憂慮；擔心　　few〔fju〕*adj.* 極少的

May life be wonderful to you. 字面的意思是「但願生活對你很好。」也就是我們中文說的「但願你的生活過得很好。」（= *I hope you have a good life.*）

941. things〔θɪŋz〕*n. pl.* 事情；情況　　*get better* 變好；好轉

sun〔sʌn〕*n.* 太陽　　*come up* （太陽）出現；升起

The sun will come up. 字面的意思是「太陽將會出現。」引申為「情況會變得更有希望、更好。」（= *Things will get brighter.* = *Things will get better.*）【bright〔braɪt〕*adj.* 有希望的】

darkest〔'dɑrkɪst〕*adj.* 最黑暗的【dark 的最高級】

dawn〔dɔn〕*n.* 黎明

It's always darkest before the dawn. 源自諺語：The darkest hour comes before dawn. 或 The darkest hour is just before the dawn.

□ 942. *Nothing is for free.*   沒有什麼是免費的。

Everything has a price.   萬物皆有價。

You can't get something   你不可能免費得到任何

     for nothing.   東西。

□ 943. *Do whatever.*   你可以做任何事。

Do as you please.   你愛做什麼就做什麼。

Suit yourself.   隨你的便。

♣ 下面這句話改編自愛迪生的名言

□ 944. *Success is one percent*   成功是百分之一的靈感，

     inspiration and   和百分之九十九的努力。

     ninety-nine percent

     perspiration.

** ————————————

942. *for free* 免費的（= *for free* ）

price〔 praɪs 〕 *n.* 價錢；價格

943. whatever〔 hwɑt'ɛvɚ 〕 *pron.* 任何事物；每樣東西（= *anything*
     or everything ）   please〔 pliz 〕 *v.* 願意；喜歡；認為合適

as you please 隨你的便；隨意   suit〔 sut 〕 *v.* 適合

Suit yourself. 隨你的便；你愛怎麼樣就怎麼樣吧。

944. success〔 sək'sɛs 〕 *n.* 成功   percent〔 pɚ'sɛnt 〕 *n.* 百分之…

inspiration〔 ͵ɪnspə'reʃən 〕 *n.* 靈感

perspiration〔 ͵pɝspə'reʃən 〕 *n.* 流汗；努力

本句源自愛迪生的名言：Genius is one percent inspiration
     and ninety-nine percent perspiration. （天才是百分之一
     的靈感和百分之九十九的努力。）

□ **945.** *Dream big*. 　要有遠大的夢想。

　　　Go big. 　要全力以赴。

　　　Set high goals. 　要設定崇高的目標。

♣ 説明「天下沒有白吃的午餐」，可以用下面六句話

□ **946.** *Nothing comes easy*. 　所有的事物都得之不易；

　　　　　　　　　　　　天下沒有白吃的午餐。

　　No reward without 　沒有努力，就沒有報酬。
　　　　effort.

　　No wealth without 　沒有努力，就沒有財富。
　　　　work.

＊＊ ─────────────

945. *Dream big*. 源自 Dream big dreams. 字面的意思是「做大
　　的夢。」即指「要有遠大的夢想。」(= *Have big dreams*.
　　= *Don't limit yourself*.)

　　Go big. (= *Go all out*.) 源自 Go big or go home. (要就成功，
　　不然就回家。) 　set〔sɛt〕*v*. 設定　goal〔gol〕*n*. 目標

946. *Nothing comes easy*. 可説成：Nothing worthwhile comes
　　easy. (值得擁有的東西永遠來之不易。) (= *Nothing worth
　　having comes easy*.)【worthwhile〔'wɝθ'hwaɪl〕*adj*. 值得的
　　worth〔wɝθ〕*adj*. 值得…的】　come〔kʌm〕*v*. 來；到手；獲得
　　easy〔'izɪ〕*adv*. 輕鬆地；容易地
　　reward〔rɪ'wɔrd〕*n*. 報酬；獎賞　　effort〔'ɛfɚt〕*n*. 努力
　　No reward without effort. 源自 There's no reward without
　　effort.
　　wealth〔wɛlθ〕*n*. 財富　　work〔wɝk〕*n*. 工作；努力
　　No wealth without work. 源自 There's no wealth without
　　work.

□ 947. *There is no free lunch*. 　天下沒有白吃的午餐。

No easy road to　　　成功無捷徑。
　　success.

No living on easy　　　不可能生活很富裕。
　　street.

□ 948. *What's your motto?*　　你的座右銘是什麼？

What slogan do you　　你奉行什麼標語？
　　follow?

What's your favorite　　你最喜愛的諺語是什麼？
　　saying?

**　＊＊────────

947. free〔fri〕*adj.* 免費的

There's no free lunch. 也可說成：There's no free lunch in
　the world.（天下沒有白吃的午餐。）

easy road 捷徑（＝ *easy way* ＝ *shortcut*）

success〔sək'sɛs〕*n.* 成功

No easy road to success. 源自 There is no easy way to

　success.　　*on easy street* 富裕；手頭寬裕

No living on easy street. 源自 There is no living on easy
　street.（＝ *It is impossible to live on easy street.*）

948. motto〔'mɑto〕*n.* 座右銘

slogan〔'slogən〕*n.* 標語；口號；箴言

follow〔'fɑlo〕*v.* 遵循；奉行

What slogan do you follow? 也可說成：What words do you
　live by?（你的座右銘是什麼？）【*words to live by* 座右銘】

favorite〔'fevərɪt〕*adj.* 最喜愛的

saying〔'se·ɪŋ〕*n.* 諺語；俗語；格言

12. 提出建議
Making Suggestions

用手機掃瞄聽錄音

□ 949. *What's the matter?* 怎麼了？

I can tell something's
bothering you. 我看得出來有事困擾你。

It's written all over
your face. 你的思緒全寫在臉上。

♣ 問朋友心中在想什麼，可以用下面三句話

□ 950. *What are you up to?* 你正在做什麼？

What are you planning
to do? 你計畫做什麼？

What do you have in
mind? 你在想什麼？

** ————————————

949. *What's the matter?* 怎麼了？【 *the matter* 困擾的事；麻煩的事】
  tell〔tɛl〕v. 看出　　bother〔'baðɚ〕v. 困擾
  be written all over one's face （思緒）全寫在臉上
  It's written all over your face. = It's obvious from the
  expression on your face. （從你臉上的表情很明顯可以
  看得出來。）【 obvious〔'ɑbvɪəs〕adj. 明顯的
  expression〔ɪk'sprɛʃən〕n. 表情】

950. *What are you up to?* (= What are you doing?) 也可以翻譯成
  「你在搞什麼鬼？」，視上下文而定。
  have sth. in mind 心中想某事

□ **951.** ***Give me the details.***　　告訴我細節。
　　　Describe it for me.　　　向我描述這件事。
　　　Shed some light.　　　　說明一下。

♣ **想要給對方一些建議，可以用下面六句話**

□ **952.** ***Want some advice?***　　想要一些建議嗎？
　　　Want my opinion?　　　想要我的意見嗎？
　　　Can I give you a　　　　我可以給你一個建議嗎？
　　　　suggestion?

□ **953.** ***Let me be frank.***　　恕我直說。
　　　Let me be candid.　　　恕我直言。
　　　Let me give you my　　　讓我給你誠懇的意見。
　　　　honest opinion.

** ————————————

951. give〔gɪv〕v. 告訴（= *tell*）　　detail〔'ditel〕n. 細節
　　describe〔dɪ'skraɪb〕v. 描述　　shed〔ʃɛd〕v. 發射；發出（光）
　　Shed some light. 也可說成：Explain what happened.（說明
　　　發生了什麼事。）【***shed some light*** (*on sth.*) 說明一下】

952. advice〔əd'vaɪs〕n. 勸告；建議
　　Want some advice? 源自 Do you want some advice?
　　opinion〔ə'pɪnjən〕n. 意見
　　Want my opinion? 源自 Do you want my opinion?
　　suggestion〔sə(g)'dʒɛstʃən〕n. 建議

953. frank〔fræŋk〕adj. 坦白的
　　candid〔'kændɪd〕adj. 坦白的；坦率的
　　honest〔'ɑnɪst〕adj. 誠實的

□ **954.** *Throw it away*.　　　　把它丟掉。

Throw it out.　　　　　把它丟出去。

Get rid of it.　　　　　把它丟掉。

□ **955.** *Plan ahead*.　　　　　要提早計畫。

Be well prepared.　　　要做好準備。

Be ready in advance.　要事先準備好。

♣ **勸告朋友要仔細考慮，可以用下面六句話**

□ **956.** *Think it over*.　　　　要仔細考慮。

Think about it.　　　　要考慮一下。

Sleep on it.　　　　　要等到第二天再決定。

□ **957.** *Don't decide too fast*.　不要太快決定。

Weigh it out.　　　　要衡量一下。

Ponder it.　　　　　　要仔細考慮。

** ——————

954. ***throw away*** 丟掉　　***throw out*** 丟出去
get rid of 擺脫；除去；消除；丟棄

955. ahead〔əˋhɛd〕*adv.* 在前方；預先；提早
prepared〔prɪˋpɛrd〕*adj.* 準備好的
be well prepared 做好準備；做好充分的準備
in advance 事先（ = *ahead* = *beforehand* ）

956. ***think over*** 仔細考慮　　***think about*** 考慮
sleep on 徹夜思考；把…留到第二天再決定

957. decide〔dɪˋsaɪd〕*v.* 決定　　weigh〔we〕*v.* 稱重；衡量
weigh out 衡量　　ponder〔ˋpɑndɚ〕*v.* 仔細考慮

♣「丟銅板決定」、「猜拳決定」，英文怎麼說？

□ 958. *Let's flip a coin*.	我們丟銅板決定吧。
Let's do rock, paper, scissors.	我們來猜拳。
Winner goes first.	贏的人先。

□ 959. *The clock is ticking*.	時間緊急。
Time is running out.	快沒有時間了。
You'd better hurry up.	你最好趕快。

□ 960. *Double-time*.	快點。
Chop-chop.	趕快。
Cut to the chase.	要直接切入主題。

** ————

958. flip〔flɪp〕*v.* 輕拋　　coin〔kɔɪn〕*n.* 硬幣；銅板
flip a coin 丟銅板（決定）　　rock〔rɑk〕*n.* 岩石；石頭
paper〔'pepɚ〕*n.* 紙　　scissors〔'sɪzɚz〕*n. pl.* 剪刀
do rock, *paper*, *scissors* 玩剪刀、石頭、布；猜拳
winner〔'wɪnɚ〕*n.* 優勝者；贏家　　*go first* 先
Winner goes first. 也可說成：The winner goes first.

959. *The clock is ticking.*「時鐘正在滴答響。」表示時間正一分一秒
地過去，引申為「時間緊急。」【tick〔tɪk〕*v.* 滴答響】
run out 用完；耗盡　　*had better* 最好　　*hurry up* 趕快

960. double-time〔'dʌbl̩,taɪm〕*v.* 用加倍的速度進行（= *move at double time*）　　chop-chop〔'tʃɑp,tʃɑp〕*interj.* 趕快；行動要快
chase〔tʃes〕*n.* 追逐；追趕
cut to the chase 廢話少說；言歸正傳；直接切入主題

□ **961.** *Let things calm down*.   讓事情平靜下來吧。
    Let the dust settle.   等待塵埃落定。
    Wait till things become   等到事情明朗化爲止。
      clear.

□ **962.** *Give me a heads-up*.   要給我警告。
    Give me advance notice.   要預先通知我。
    Tell me ahead of time.   要提前告訴我。

□ **963.** *Let's be partners*.   我們成爲搭檔吧。
    Let's help each other out.   讓我們互相幫忙。
    Two heads are better   【諺】三個臭皮匠勝過一
      than one.   個諸葛亮；集思廣益。

12. 提出建議

**――――――――――

961. things〔θɪŋz〕*n. pl.* 事情；情況
    calm down 平靜下來；冷靜   dust〔dʌst〕*n.* 灰塵
    settle〔'sɛtl̩〕*v.* 沉澱；下沉   clear〔klɪr〕*adj.* 清楚的
962. heads-up〔'hɛdz'ʌp〕*n.* 警告（= *warning*）
    advance〔əd'væns〕*adj.* 預先的；事先的
    notice〔'notɪs〕*n.* 通知   *advance notice* 預先通知
    ahead of time 提前（= *in advance*）
963. partner〔'pɑrtnɚ〕*n.* 搭檔；夥伴
    help out 幫忙   *each other* 彼此；互相
    Two heads are better than one. 是諺語，句中的 head 指的是
      「人」，兩個人比一個人好，也就是「三個臭皮匠勝過一個
      諸葛亮；集思廣益。」

□ **964.** *Convince me.*   要讓我相信。
Persuade me.   要說服我。
Don't twist my arm.   不要逼我。

□ **965.** *Let's compromise.*   我們妥協吧。
Let's meet halfway.   我們妥協吧。
Let's find the middle   我們妥協吧。
   ground.

□ **966.** *Let's not compromise.*   我們不要妥協。
Let's not give in.   我們不要退讓。
Let's not settle for   不是最好的，我們不要。
   second best.

12.
提出建議

** ——————————

twist

964. convince〔kən'vɪns〕*v.* 使相信；說服
persuade〔pɚ'swed〕*v.* 說服（= *convince*）
twist〔twɪst〕*v.* 擰；扭轉
twist one's arm 字面的意思是「扭轉某人的手臂」，引申為
「給某人施壓；逼迫某人」（= *force sb.* = *pressure sb.*）。
【force〔fors〕*v.* 強迫　　pressure〔'prɛʃɚ〕*n.* 壓力　*v.* 施壓】

965. compromise〔'kɑmprə,maɪz〕*v.* 妥協
halfway〔'hæf'we〕*adv.* 在中途
meet halfway 妥協；讓步　　middle〔'mɪdḷ〕*adj.* 中間的
ground〔graʊnd〕*n.*（議論等的）立場；意見
middle ground 中間立場；中間觀點
find the middle ground 妥協

966. ***give in*** 屈服；退讓　　settle〔'sɛtḷ〕*v.* 安於（不滿意的事物）
settle for 勉強接受　　***second best*** 次好的事物

□ 967. ***It's a long shot.***　　　　　這是大膽的嘗試。
It might work out.　　　　成功機會不大。
Just give it a try.　　　　就試試看吧。

□ 968. ***Play along.***　　　　　　　合作吧。
Play ball.　　　　　　　　合作吧。
Play the game.　　　　　　光明正大一點。

♣「防範未然」英文怎麼說？

□ 969. ***Stop it early.***　　　　　　要早點阻止。
Keep it from getting　　　要防止它惡化。
worse.
Nip it in the bud.　　　　要防範未然。

**────────

967. shot〔ʃɑt〕*n.* 發射；射擊；投籃
a long shot（成功希望不大的）大膽的嘗試
might〔maɪt〕*aux.* 可能；也許【用於表示可能性很小】
work out 成功；產生結果　　***give it a try*** 試試看
968. ***play along*** 合作；假裝同意（= *pretend to agree*）
play ball（*with sb.*）（和某人）合作
play the game 遵守規則（= *follow the rules*）；光明正大
（= *act honestly*）
969. ***keep~from*** 避免；防止（= *stop~from* = *prevent~from*）
nip〔nɪp〕*v.* 挾；捏；摘　　bud〔bʌd〕*n.* 芽；花苞
nip sth. in the bud 字面的意思是「在萌芽時即摘取」，
引申為「防範某事於未然」。
Nip it in the bud. = Stop it from developing.
= Stop it from growing. = Stop it from happening.

□ **970**. ***Keep it simple***. 要簡單一點。
Get to the point. 要切中要點。
Make it short and sweet. 要簡短扼要。

□ **971**. ***Call an old friend***. 打電話給老朋友。
Rekindle a friendship. 重新恢復友誼。
Reach out to someone 和某個特別的人連絡。
special.

□ **972**. ***Always carry your ID***. 一定要帶你的身份證。
Never leave home 絕不要出門不帶它。
without it.
Just in case something 以防萬一發生什麼事。
happens.

12.
提出建議

＊＊────────────

970. simple〔ˈsɪmpḷ〕*adj.* 簡單的　　point〔pɔɪnt〕*n.* 重點
get to the point 切中要點；直截了當地說
short and sweet 簡短扼要；直截了當
971. call〔kɔl〕*v.* 打電話給 (某人)
rekindle〔rɪˈkɪndḷ〕*v.* 重新激起；重新喚起
friendship〔ˈfrɛnd͵ʃɪp〕*n.* 友誼
reach out to sb. 和某人連絡 (= *make contact with sb.*)
special〔ˈspɛʃəl〕*adj.* 特別的
972. carry〔ˈkærɪ〕*v.* 攜帶
ID 身份證件 (= *ID card* = *identification card*)
never…without 沒有…不；每次…必定
just in case 以防萬一　　happen〔ˈhæpən〕*v.* 發生

□ 973. ***Do it on the way back***.　回來的路上再做。
Get it on the rebound.　回來時再去拿。
Do it on the return trip.　回程時再做。

□ 974. ***To try is to believe***.　試試就會相信。
Trying does the trick.　試試就有效果。
Just try, don't quit!　只要試試，不要放棄！

♣ **教別人用手機付款，可說這三句話**

□ 975. ***Use your phone***.　用你的手機。
Scan the QR code on
　the wall.　掃瞄牆上的 QR 碼。
Order and pay on your
　phone.　用你的手機訂餐並付錢。

12.
提出建議

＊＊────────────

973. *on the way* 在途中；在路上　　*on the way back* 在回來的途中
rebound〔'ri,baʊnd〕*n.* 彈回；返回【*bound v. n.* 彈跳；彈回】
Get it on the rebound. = Get it on the way back.
return trip 回程
Do it on the return trip. 也可說成：Do it on the trip back.
　（回程時再做。）

974. trick〔trɪk〕*n.* 訣竅；祕訣；把戲
do the trick 奏效；起作用　　quit〔kwɪt〕*v.* 放棄

975. phone〔fon〕*n.* 電話【*在此指* cell phone（手機）】
scan〔skæn〕*v.* 掃瞄　　code〔kod〕*n.* 代碼；電碼
QR code QR 碼；二維條碼　　order〔'ɔrdɚ〕*v.* 訂購；點餐
pay〔pe〕*v.* 付錢　　*on one's phone* 用電話

QR code

13. 談論工作
Talking About Work

用手機掃瞄聽錄音

□ **976.** ***Let's get on it.*** | 我們開始吧。
Let's get at it. | 我們開始吧。
Let's get the show on the road. | 我們開始吧。

□ **977.** ***Roll up your sleeves.*** | 準備要工作了。
Pull up your socks. | 準備要工作了。
Get ready to work hard. | 要準備好努力工作了。

□ **978.** ***This is the beginning.*** | 這是開始。
We're just getting started. | 我們才剛開始。
We've only just begun. | 我們才剛開始。

** ───────────

976. ***get on*** 繼續做；開始做　　***get at*** 著手處理；著手於（工作）
Let's get on it. 我們開始吧。(= *Let's get at it.*)
get the show on the road 開始行動 (= *get started*)
977. ***roll up*** 把…捲起來　　sleeve〔sliv〕*n.* 袖子
roll up one's ***sleeves*** 捲起袖子；準備要工作了 (= *get to work*)
socks〔saks〕*n. pl.* 短襪
pull up one's ***socks*** 把襪子拉起來；準備要工作了 (= *get to work*)
978. beginning〔bɪˈɡɪnɪŋ〕*n.* 開始　　***get started*** 開始

□ 979. ***Today is an important day***.　今天是重要的日子。
We're going to be very　我們會很忙。
busy.
We will accomplish a lot.　我們會完成很多事。

♣ 詢問對方是否習慣，可以用下面三句話

□ 980. ***Used to it now?***　現在習慣了嗎？
Handling it OK?　還能應付嗎？
Any trouble adjusting?　有任何適應上的困難嗎？

□ 981. ***It's a new situation***.　這是一個新的情況。
I'm still learning.　我還在學習。
I'm still finding my feet.　我還在習慣新環境。

13. 談論工作

** ─────────

979. accomplish〔əˋkɑmplɪʃ〕v. 完成　　***a lot*** 很多
980. ***be used to*** 習慣於
Used to it now? 源自 Are you used to it now?
handle〔ˋhændḷ〕v. 應付；處理
Handling it OK? 源自 Are you handling it OK?
adjust〔əˋdʒʌst〕v. 適應
Any trouble adjusting? 源自 Are you having any trouble
adjusting?【***have trouble*** (***in***) + ***V-ing*** 做…有困難】
981. situation〔͵sɪtʃʊˋeʃən〕n. 情形；情況
foot〔fʊt〕n. 腳【複數形為 feet〔fit〕】
find one's feet 字面的意思是「找到自己的腳」，引申為
「能站立；能自立；習慣新環境」。
I'm still finding my feet. 也可說成：I'm still adapting.
（我還在適應。）【adapt〔əˋdæpt〕v. 適應】

□ **982.** ***How does this work?*** 這個是如何運作的？
      How do I use this? 我要如何使用這個？
      Show me how. 請做給我看。

♣ **解釋自己是第一次做，可以用下面六句話**

□ **983.** ***It's new to me.*** 這個我第一次做。
      I know nothing about it. 我對這個一無所知。
      I have no experience 我對這個沒有經驗。
        with this.

□ **984.** ***First time for me.*** 我這是第一次。
      It's my first time. 這是我的第一次。
      I've never done it before. 我以前從來沒有做過。

□ **985.** ***I'm bad at it.*** 這個我不擅長。
      I really stink. 我真的很差。
      I'm not good at all. 我一點都不精通。

13.
談論工作

** ───────────────

982. work〔wɝk〕v. 運作
983. new〔nju〕adj.（事物）對某人是第一次看（聽）到的 < to sb. >
    know nothing about 對…一無所知；一點也不知道
    experience〔ɪkˈspɪrɪəns〕n. 經驗
984. ***First time for me.*** 源自 It's first time for me.【time〔taɪm〕n. 次】
985. ***be bad at*** 不擅長   stink〔stɪŋk〕v. 發臭；很差勁
    I really stink.（我真的很差。）也可説成：I'm terrible at it.
    （這個我不擅長。）【***be terrible at*** 不擅長；…很差勁】
    not…at all 一點也不…   good〔gʊd〕adj. 擅長的；熟練的

♣ 覺得自己無法融入，可以說下面六句話

☐ 986. *I don't fit in.* 　　　　　　我無法融入。
　　　 I feel awkward. 　　　　　　我覺得不自在。
　　　 I feel out of place. 　　　　我覺得格格不入。

☐ 987. *I feel uncomfortable.* 　　我覺得不自在。
　　　 Like I don't belong. 　　　　就好像我不屬於這裡。
　　　 Like a fish out of water. 　就像離開水的魚一樣。

☐ 988. *Teach me.* 　　　　　　　　教我。
　　　 Show me the ropes. 　　　　告訴我訣竅。
　　　 Let me pick your brain. 　　讓我來向你請教。

**

986. *fit in* 完全吻合；融入
　　 awkward〔ˈɔkwəd〕*adj.* 笨拙的；不自在的
　　 out of place 不得其所的；不適當的
　　 I feel out of place.（我覺得格格不入。）也可說成：I feel
　　　 uneasy. 或 I don't feel comfortable.（我覺得不自在。）
987. uncomfortable〔ʌnˈkʌmfətəbḷ〕*adj.* 不舒服的；不自在的
　　 Like I don't belong. 源自 I feel like I don't belong here.
　　 Like a fish out of water.（就像離開水的魚一樣。）也可說成：
　　　 I feel like I don't belong. 或 I feel awkward.
988. show〔ʃo〕*v.* 給…看　　rope〔rop〕*n.* 繩子
　　 the ropes 祕訣；訣竅
　　 show sb. the ropes 教某人訣竅【源自航海，要學會如何綁船上
　　　 的繩子】　　 *pick one's brain* 請教某人
　　 Let me pick your brain. 字面的意思是「讓我拿你頭腦裡的
　　　 東西。」引申為「讓我來向你請教。」

□ 989. ***What should I do?***   我應該做什麼？

       What do you suggest?   你有什麼建議？

       What do you think I   你認為我應該做什麼？
         should do?

□ 990. ***I can do better.***   我可以做得更好。

       I can improve.   我可以改進。

       Let me try again.   讓我再試試看。

□ 991. ***Allow me.***   請允許我來。

       Let me do it.   讓我來做。

       Let me help you.   讓我來幫你。

13.
談論工作

□ 992. ***There's nothing to it.***   這個很容易。

       Anyone can do it.   任何人都可以做。

       It's like child's play.   輕而易舉。

**────────────

989. suggest〔səgˋdʒɛst〕v. 建議
990. improve〔ɪmˋpruv〕v. 改善　　try〔traɪ〕v. 嘗試
991. allow〔əˋlaʊ〕v. 允許
992. ***there's nothing to it*** 很容易；非常簡單
     There's nothing to it. 這個很容易。
     = It's very simple. = It's very easy. = It's like child's play.
     child's play 小孩的遊戲；輕而易舉之事

♣「退而求其次」英文怎麼說？

□ 993. ***Don't settle for less.*** 　　不要退而求其次。
Don't sell yourself short. 　　不要低估你自己。
Stick up for yourself. 　　要捍衛你自己。

□ 994. ***Go steady.*** 　　穩定進行就好。
Don't get too tired. 　　不要太累了。
Don't overwork. 　　不要工作過度。

□ 995. ***Solve your problems.*** 　　解決你的問題。
Arrange your affairs. 　　安排好你的事情。
Get your house in order. 　　解決你的問題。

13.
談
論
工
作

** ————————

993. settle〔'sɛtḷ〕*v.* 決定；安於（不滿意的事物）
settle for 勉強接受
settle for less 退而求其次（= *settle for second best*）
sell sb. ***short*** 低估；輕視（= *underestimate* sb.）
stick up for sb. 為…辯護；捍衛；支持

994. steady〔'stɛdɪ〕*adj.* 穩定的
Go steady. 穩定進行就好。（= *Do something at a steady pace.*）
也可說成：Easy does it.（小心點；別著急；慢慢來。）
overwork〔'ovɚ'wɝk〕*v.* 工作過度（= *overdo it*）

995. solve〔sɑlv〕*v.* 解決　　arrange〔ə'rendʒ〕*v.* 安排
affair〔ə'fɛr〕*n.* 事情　　order〔'ɔrdɚ〕*n.* 順序；秩序
in order 整齊；有秩序
Get your house in order. 字面的意思是「把你的房子整理好。」
引申為「解決你的問題。」（= *Solve your problems.*）也可說
成：Take care of your problems first.（先處理你的問題。）

□ **996.** *This is important*.   這很重要。
      Get it on paper.   把它寫下來。
      Write it down.   把它寫下來。

□ **997.** *I screwed up*.   我搞砸了。
      I messed up.   我搞砸了。
      I did it wrong.   我做錯了。

□ **998.** *Improve it*.   要改善。
      Beef it up.   要加強。
      Make it better.   要使它變得更好。

□ **999.** *Get it over with*.   要把它做完。
      Get it done.   要把它完成。
      Bite the bullet.   要咬緊牙關應付。

13.
談論工作

** —————————————

996. ***get/put*** *sth.* (***down***) ***on paper*** 把某事寫在紙上；把某事寫下來
     (= *write sth. down*)

997. ***screw up*** 搞砸   ***mess up*** 搞砸
     wrong〔rɔŋ〕*adv.* 錯誤地

998. improve〔ɪm'pruv〕*v.* 改善；使進步
     beef〔bif〕*n.* 牛肉   ***beef up*** 加強；增強
     Beef it up. 要加強。(= *Make it stronger.*)

999. ***get*** *sth.* ***over with*** 熬過；做完（不樂意但必須做的事）
     get〔gɛt〕*v.* 使   done〔dʌn〕*adj.* 完成的
     bite〔baɪt〕*v.* 咬   bullet〔'bʊlɪt〕*n.* 子彈
     bite the bullet 咬緊牙關應付；勇敢地面對

bullet

☐ 1000. ***Do quality work.*** 要把工作做好。

Do it right. 要做得對。

Don't cut corners. 不要走捷徑。

♣ 鼓勵大家團結在一起，可以說下面六句話

☐ 1001. ***Team up with us.*** 和我們合作。

Together we're stronger. 團結在一起我們會更強。

Let's band together as 讓我們全體一致團結在

one. 一起。

☐ 1002. ***We're in the same boat.*** 我們在同一條船上。

We sink or swim 我們有福同享，有難同

together. 當。

We win or lose together. 不論成敗，我們都一起

承擔。

13. 談論工作

** ————————————

1000. quality〔'kwɑlətɪ〕*adj.* 高品質的

　　Do quality work. 把工作做好。(= *Do good work.* = *Do a good*

　　　job.) 　　right〔raɪt〕*adv.* 正確地　　corner〔'kɔrnɚ〕*n.* 角落

　　cut corners 走近路；(做某事時節省經費、勞力而) 採取最容易

　　　的方法

1001. team〔tim〕*v.* 聯手；合作　　***team up with*** 和…合作

　　band〔bænd〕*v.* 團結 < *together* >　　***as one*** 全體一致

1002. ***be in the same boat*** 在同一條船上；同舟共濟；共患難；

　　　處同一境遇　　sink〔sɪŋk〕*v.* 下沈

　　sink or swim 不管成敗如何　　win〔wɪn〕*v.* 贏

　　lose〔luz〕*v.* 輸　　***win or lose*** 無論勝負；不管輸贏；不論成敗

♣ 提醒朋友不要把自己累壞，可以說下面三句話

☐ 1003. ***Don't kill yourself.***　　　　　不要累死自己。

　　　Don't wear yourself out.　　　不要使自己筋疲力盡。

　　　Don't work yourself to　　　不要一直工作不休息，
　　　　death.　　　　　　　　　把自己累得半死。

☐ 1004. ***What's going on here?***　　　這裡發生什麼事？

　　　Who's responsible?　　　　是誰在負責？

　　　What caused this?　　　　是什麼原因造成的？

☐ 1005. ***How is that possible?***　　　那怎麼可能？

　　　How could that happen?　　那是怎麼發生的？

　　　How can you explain　　　你要怎麼解釋？
　　　　that?

13. 談論工作

**

1003. kill 〔 kɪl 〕 *v.* 使筋疲力盡

Don't kill yourself. 也可說成：Don't work too hard.
　　（別太拼命工作。）

wear out 使筋疲力盡　　　work 〔 wɜk 〕 *v.* 使工作成（…狀態）

work *oneself* ***to death*** 一直工作不休息，把自己累得半死
　　（ = *work too hard* ）

1004. ***go on*** 發生

What's going on here? = What's happening? 不是打招呼的
　　問候，而是表示「質問」。

responsible 〔 rɪ'spɑnsəbḷ 〕 *adj.* 應負責任的

1005. explain 〔 ɪk'splen 〕 *v.* 解釋

□ 1006. ***What have we here?***　這是什麼？
　　　　What is this?　這是什麼？
　　　　What's this all about?　這是怎麼回事？

□ 1007. ***Don't do that.***　不要那樣做。
　　　　That's wrong.　那是錯誤的。
　　　　That's not right.　那是不正確的。

□ 1008. ***It's full of mistakes.***　它充滿了錯誤。
　　　　It has too many　它有太多問題。
　　　　　problems.
　　　　It has more holes than　它有很多瑕疵和問題。
　　　　　Swiss cheese.

13.
談論工作

** ――――――

1006. ***What have we here?*** 也可說成：What have we got here?
　　　字面的意思是「我們這裡有什麼？」也就是「這是什麼？」
　　　(= *What is this?*)

　　　What's this all about? 有兩個意思：①這是怎麼回事？
　　　(= *What's up with that?* = *What happened?* = *What's going on?*)
　　　②這是什麼意思？(= *What does this mean?*)

1008. ***be full of*** 充滿了　　mistake〔məˋstek〕*n.* 錯誤
　　　problem〔ˋprɑbləm〕*n.* 問題
　　　hole〔hol〕*n.* 洞

Swiss cheesee

　　　Swiss〔swɪs〕*adj.* 瑞士的　　cheese〔tʃiz〕*n.* 起司
　　　It has more holes than Swiss cheese. 字面的意思是「它的
　　　洞比瑞士起司還多。」引申爲「它有很多瑕疵和問題。」
　　　(= *It has many faults and problems.*)

♣ 提醒大家做事要「遵守規則」，可以用下面六句話

☐ 1009. ***Follow the rules****.*　　　　　遵守規則。

Do it the right way.　　　　以正確的方式來做。

Go by the book.　　　　　按照規矩來做。

☐ 1010. ***Toe the line****.*　　　　　要遵守規則。

Obey the rules.　　　　　遵守規則。

Do what you're told.　　　按照別人告訴你的去做。

☐ 1011. ***It's a common mistake****.*　　這是常見的錯誤。

It's an easy mistake to　這是很容易犯的錯誤。
　make.

It happens a lot.　　　　這個錯誤經常發生。

☐ 1012. ***It's under control****.*　　一切都在控制之下。

It's taken care of.　　已經處理了。

I'm handling it.　　　我正在處理。

13.
談論工作

** ────────

1009. follow〔'falo〕*v.* 遵守　　***by the book*** 根據常規
go by the book 照規矩做

1010. ***toe the line*** （賽跑時）將腳尖靠在起跑點
　　　而站立；遵守規則（= *obey the rules*）
obey〔ə'be〕*v.* 遵守；服從

toe the line

1011. common〔'kamən〕*adj.* 常見的　　***a lot*** 常常（= *often*）

1012. control〔kən'trol〕*n.* 控制
under control 在控制之下；受到控制
take care of 照顧；處理　　handle〔'hændḷ〕*v.* 應付；處理

□ **1013.** *Pay attention.*　　　　　要注意。
　　　Stay alert.　　　　　　要保持警覺。
　　　Keep your eye on the　　要小心謹慎。
　　　　ball.

□ **1014.** *We must continue.*　　　我們必須繼續。
　　　We can't quit.　　　　我們不能放棄。
　　　The show must　　　　事情還是得繼續做下去。
　　　　always go on.

□ **1015.** *How long is it?*　　　　那要多久？
　　　How long will it be?　那要多久時間？
　　　How long will it take?　那需要多久？

** ——————————

1013. attention〔əˈtɛnʃən〕*n.* 注意力　　***pay attention*** 注意
　　alert〔əˈlɜt〕*adj.* 警覺的　　***keep your eye on*** 眼睛盯著某物
　　keep your eye on the ball 源自於打球，打球時「眼睛要一直盯
　　　著球看」，引申為「要小心謹慎地行動」(= *give your attention*
　　　to what you are doing at the time)。

1014. continue〔kənˈtɪnju〕*v.* 繼續　　quit〔kwɪt〕*v.* 停止；放棄
　　show〔ʃo〕*n.* 表演　　***go on*** 繼續；進行
　　The show must always go on. 字面的意思是「戲還是得照
　　　演。」即指「事情還是得繼續做下去。」(= *We must continue.*
　　　= *We must keep going.*)

1015. ***How long…?*** …多久？　　take〔tek〕*v.* 花費

□ **1016.** *It's food for thought.* 　這件事值得思考一下。

It's something to think 　這件事要想一想。
about.

I'll definitely consider it. 　我一定會考慮一下。

□ **1017.** *It's taking too long.* 　這花太多時間了。

My time is running out. 　我快要沒有時間了。

How much longer will 　還要多久？
it be?

□ **1018.** *I have no time.* 　我沒有時間。

I'm on the run. 　我很忙。

I'm racing against the 　我正在和時間賽跑。
clock.

13.
談論工作

** ————————————

1016. *food for thought* 發人深省的事情；值得思考的事情

It's food for thought. = We should consider it.

= We should think about it.

think about 想一想；思考；考慮

definitely ('dɛfənɪtlɪ) *adv.* 必定；一定

consider (kən'sɪdə) *v.* 考慮

1017. take (tek) *v.* (事情) 花費 (時間)　*run out* 耗盡；用光

My time is running out. 也可説成：My time is short.

（我的時間不夠了。）【short (ʃɔrt) *adj.* 短缺的；不足的】

1018. *on the run* 奔跑著；忙碌地；急急忙忙

race (res) *v.* 賽跑　*against the clock* 分秒必爭地

race against the clock 和時間賽跑（ = *race with time* ）

□ **1019.** *I have to move quickly.*　｜　我必須趕快。
　　I can't wait too long.　｜　我不能等太久。
　　I don't have much time.　｜　我的時間不多。

♣ 説明自己非常很忙碌，可以説下面六句話

□ **1020.** *I have a full day.*　｜　我一整天都排滿了。
　　I'm super busy.　｜　我超級忙碌。
　　I'm all booked up.　｜　我都約滿了。

□ **1021.** *I'm all tied up.*　｜　我太忙了。
　　I'm up to my ears in　｜　我深陷在工作當中。
　　　work.
　　There's a lot going on.　｜　有一堆事情同時發生。

□ **1022.** *I know you're busy.*　｜　我知道你很忙。
　　You've got things to do.　｜　你有很多事情要做。
　　I'd better let you go.　｜　我最好讓你走了。

** ———

1019. move〔muv〕*v.* 動作；行動　　quickly〔'kwɪklɪ〕*adv.* 快地
move quickly 趕快（= *do something quickly*）

1020. full〔ful〕*adj.* 排滿了；緊湊的
super〔'supɚ〕*adj., adv.* 超級的（地）
book〔buk〕*v.* 預訂　　*be booked up* 被預訂一空；有約

1021. *tied up* 忙碌的（= *busy* = *occupied*）
up to one's ears 深陷其中＜*in*＞　　*go on* 發生

1022. *You've got* 等於 You have，口語中常用。
I'd 是 I had 的縮寫，had better + V. 表「最好～」之意。

□ 1023. ***Time's up.*** — 時間到了。
No time left. — 沒有時間剩下了。
We're out of time. — 我們沒有時間了。

□ 1024. ***The hardest part is over.*** — 最困難的部分已經結束。
It's getting easier. — 事情越來越容易了。
We're almost out of the woods. — 我們差不多要度過難關了。

□ 1025. ***We pulled it off.*** — 我們成功了。
We accomplished our goal. — 我們完成了我們的目標。
We did what we set out to do. — 我們完成了開始做的事。

13. 談論工作

**

1023. up〔ʌp〕*adv.* 終結　left〔lɛft〕*adj.* 剩下的
No time left. 沒有時間剩下了。(= *There's no time left.*)
be out of 沒有

1024. hard〔hɑrd〕*adj.* 困難的　woods〔wʊdz〕*n. pl.* 森林
out of the woods 走出森林；脫離險境；度過難關
We're almost out of the woods. (我們差不多要度過難關了。)
也可說成：We're almost finished. (我們差不多要完成了。)
或 We're almost safe. (我們差不多要安全過關了。)

1025. ***pull off*** 成功做成 (某件困難的事)
We pulled it off. 我們成功了。(= *We did it.* = *We succeeded.*)
accomplish〔əˈkɑmplɪʃ〕*v.* 完成　goal〔gol〕*n.* 目標
set out 開始；著手

♣「冰山的一角」英文怎麼說？】

☐ 1026. ***It's just a small part.***　　　這只是一小部分。

It's actually much bigger.　　問題其實大多了。

It's just the tip of the　　　　這只是冰山的一角。
　　　iceberg.

♣ 提到自己失敗了，可以說下面三句話

☐ 1027. ***I was off.***　　　　　　　我錯了。

I got it wrong.　　　　　　　我搞錯了。

I missed the mark.　　　　　我失敗了。

☐ 1028. ***We have time.***　　　　　我們有時間。

We're ahead of schedule.　　我們進度超前。

Let's kill some time.　　　　我們來打發一些時間吧。

13.
談論工作

** ✱✱

1026. actually (ˈæktʃʊəlɪ) *adv.* 其實；實際上　　tip (tɪp) *n.* 尖端
iceberg (ˈaɪsˌbɝg) *n.* 冰山
the tip of the iceberg 冰山的尖端；冰山的一角【可能會出現
　更大問題的跡象】
It's just the tip of the iceberg. 也可說成：It's just a small
　part of the problem. (這只是問題的一小部份。)

1027. off (ɔf) *adv.* 錯誤地　　***get it wrong*** 誤會；誤解
mark (mark) *n.* 目標；靶子
miss the mark 未命中；失敗

1028. ***ahead of*** 在…之前　　schedule (ˈskɛdʒul) *n.* 時間表
ahead of schedule 比預定的時間提早；比預定的進度快
kill time 打發時間

♣ 形容自己很喜歡做某事，可以用下面三句話

□ 1029. *I like doing this*. | 我喜歡做這件事。
I'm enjoying myself. | 我很樂在其中。
I'm in my element. | 我非常得心應手。

□ 1030. *We're on a roll!* | 我們運氣好！
We're making good progress! | 我們有很大的進步！
We are moving right along. | 我們不斷向前進。

13.
談論工作

**

1029. *enjoy oneself* 玩得愉快；感到快樂
element〔ˈɛləmənt〕*n.* 元素；固有的領域；人的天性
be in one's element 在某人固有的領域中；如魚得水；
適得其所；得心應手
I'm in my element.（我非常得心應手。）也可說成：
I'm doing something I enjoy.（我正在做我喜歡的事。）
I'm doing something I'm good at.（我正在做我擅長的事。）
This is easy for me.（這對我而言很容易。）

1030. *on a roll* 好運連連；連連獲勝（= *do well*）
good〔gud〕*adj.* 充分的；十足的；相當的
progress〔ˈprɑgrɛs〕*n.* 進步 〔prəˈgrɛs〕*v.* 進步
make good progress 有很大的進步
move〔muv〕*v.* 移動 *right along* 不停；不斷；一直
We are moving right along.（我們一直向前進。）也可說成：
We're progressing quickly.（我們進步得很快。）

□ 1031. *Take a break.* 休息一下。

Take some time off. 休息一下。

Recharge your 休息一下，恢復體力。
batteries.

♣ 説明事情已成定局，無法更改，可以用下面九句話

□ 1032. *It's too late to change.* 太晚了，無法改變。

You can't go back. 你無法回到過去。

It's water under the 覆水難收。
bridge.

** ————————————

1031. break〔brek〕*n.* 休息　　*take a break* 休息一下
take some time off 休息一下
recharge〔ri'tʃɑrdʒ〕*v.* 再充電
battery〔'bætərɪ〕*n.* 電池
recharge your batteries 字面的意思是「讓你的電池再充一下
電」，引申為「休息、放鬆一下以恢復體力」。

1032. *too…to V.* 太…以致於不～
change〔tʃendʒ〕*v.* 改變　　*go back* 回去
You can't go back. 在此指 You can't go back to the past.
（你無法回到過去。）　　bridge〔brɪdʒ〕*n.* 橋
water under the bridge 字面的意思是「橋下的水」，其實就是
指如流水般無法收回，引申為「(已經發生的事、錯誤等)
無法更改，不需要煩惱；覆水難收」。

□ **1033.** *It's over*. | 結束了。
It's a done deal. | 那是決定好的事。
The die has been cast. | 已成定局。

□ **1034.** *It's already been done*. | 這已經做好了。
Just let it go. | 就算了吧。
Don't reinvent the wheel. | 不要多此一舉。

□ **1035.** *You're leaving soon*. | 你不久就要離開了。
I will not see you for a while. | 我會有一陣子見不到你。
Let's have a farewell party. | 我們來舉辦個歡送會吧！

** ——————————

1033. over〔'ovɚ〕*adj.* 結束的　　done〔dʌn〕*adj.* 完成的；結束的
deal〔dil〕*n.* 交易；協議
done deal 決定好的事；無法改變的事
die〔daɪ〕*n.* 骰子【複數形是 dice〔daɪs〕】
cast〔kæst〕*v.* 投擲；扔
The die has been cast. 源自諺語：The die is cast.（已成定局。）

1034. ***let it go*** 算了；不去理會
reinvent〔,riɪn'vɛnt〕*v.* 重新發明；重新改造
wheel〔hwil〕*n.* 輪子
reinvent the wheel 多此一舉【「重新發明輪子」，也就是花很多時間去研發已經存在的東西（waste a great deal of time in creating something that already exists），引申為「多此一舉」】

1035. while〔hwaɪl〕*n.* 一會兒；一段時間　　have〔hæv〕*v.* 舉辦
farewell〔,fɛr'wɛl〕*n.* 告別；送別　　***farewell party*** 歡送會

♣ 勇於面對失敗、負起責任，可用下面九句話

□ 1036. ***Don't make excuses*.** 　　｜　不要找藉口。
　　　　Don't dodge blame. 　　　　｜　不要逃避責任。
　　　　Take responsibility. 　　　　｜　要負起責任。

□ 1037. ***Embrace failure*.** 　　　　｜　要坦然接受失敗。
　　　　It's a chance to learn. 　　　　｜　這是學習的機會。
　　　　Failure leads to success. 　　｜　失敗爲成功之母。

□ 1038. ***The buck stops here*.** 　　｜　我責無旁貸。
　　　　I make the decisions. 　　　｜　我來決定。
　　　　I accept the responsibility. 　｜　我接受這個責任。

**

1036. excuse〔ɪkˈskjus〕*n.* 藉口　　***make excuses*** 找藉口
dodge〔dɑdʒ〕*v.* 躲避　　blame〔blem〕*n.* 責備；責任
***Don't dodge blame*.** = Don't avoid responsibility. = Take
responsibility.　　responsibility〔rɪ͵spɑnsəˈbɪlətɪ〕*n.* 責任

1037. embrace〔ɪmˈbres〕*v.* 擁抱；欣然接受
***Failure leads to success*.**「失敗會讓你走向成功。」也就是「失
敗爲成功之母。」(= *Failure is the mother of success.*) 也可說
成：You will learn from failure and then succeed. (你會
從失敗中學習，然後成功。)【failure〔ˈfeljɚ〕*n.* 失敗】

1038. buck〔bʌk〕*n.* (撲克牌局中) 做莊家的標誌；引申爲「責任」，
例如 pass the buck 即指「推卸責任」。
***The buck stops here*.** 是前美國總統杜魯門 (Harry S.
Truman) 的座右銘，字面的意思是「責任到此爲止。」
也就是「責無旁貸；絕對不會推卸責任。」
decision〔dɪˈsɪʒən〕*n.* 決定　　accept〔əkˈsɛpt〕*v.* 接受

14. 日常生活
About Daily Life

用手機掃瞄聽錄音

□ 1039. ***Do you play cards?*** 　　你會玩紙牌遊戲嗎？
　　　　Know any games? 　　　　你知道任何遊戲嗎？
　　　　What can you play? 　　　　你會玩什麼？

□ 1040. ***Mum's the word.*** 　　不要說出去。
　　　　Keep it a secret. 　　　　要保密。
　　　　Keep it under wraps. 　　要保守祕密。

□ 1041. ***What time is it?*** 　　現在幾點？
　　　　Do you have the time? 　　你知道現在幾點嗎？
　　　　Could you tell me the 　　你能告訴我現在幾點嗎？
　　　　　time?

14.
日常生活

** ————————————

1039. cards〔kɑrdz〕*n.* 紙牌遊戲　　***play cards*** 玩紙牌遊戲
　　Know any games? 源自 Do you know any games?
1040. mum〔mʌm〕*adj.* 沈默的；不說話的　*n.* 沈默【***keep mum*** 保密
　　Keep mum about this. (這件事不要說出去。)】
　　Mum's the word. 不要說出去；要保密。(= *Don't tell anyone.*
　　= *Keep it a secret.*) 　　secret〔'sikrɪt〕*n., adj.* 祕密 (的)
　　Keep it a secret. 要保密。　　wrap〔ræp〕*n.* 包裹物
　　keep~under wraps 將~保守祕密
1041. ***Do you have the time?*** (你能告訴我現在幾點嗎？) 不要和
　　Do you have time? (你有時間嗎？) 搞混。

♣ 鼓勵朋友早睡早起身體好，可以說下面三句話

☐ 1042. *Hit the sack early*.　　　　晚上要早點睡。

Rise and shine early.　　　早上要早起。

You'll feel fresh and　　　你會覺得神清氣爽、身體
　　strong.　　　　　　　　健壯。

☐ 1043. *Wake up!*　　　　　　　起床！

Open your eyes!　　　　張開你的眼睛！

Don't let life pass you　　別讓你的生命匆匆流逝。
　　by.

♣ 遲到時，你可以說下面三句話

☐ 1044. *I overslept*.　　　　　我睡過頭了。

I woke up late.　　　　我很晚才起床。

I didn't hear my alarm.　我沒聽到鬧鐘響。

- - - -

**　**

1042. sack〔sæk〕*n.* 大袋

　hit the sack 就寢；睡覺（= *go to bed* = *hit the hay* = *turn in*）

　rise〔raɪz〕*v.* 上升；起床　　shine〔ʃaɪn〕*v.* 發光；發亮

　rise and shine 快起床　　*Rise and shine early.* = Get up early.

　fresh〔frɛʃ〕*adj.* 新鮮的；清爽的；有精神的

1043. *wake up* 醒來；起床　　open〔'opən〕*v.* 張開

　pass sb. by 從某人身旁過去；（某人）沒有從中受益；失之交臂

　　（*if something passes you by, it happens, but you get no*
　　　advantage from it）

1044. oversleep〔'ovɚ'slip〕*v.* 睡過頭　　late〔let〕*adv.* 很晚地

　alarm〔ə'lɑrm〕*n.* 鬧鐘（= *alarm clock*）

□ **1045.** *Pardon my French.* | 請原諒我罵髒話。
     Sorry for swearing. | 很抱歉我罵髒話。
     Excuse my cursing. | 請原諒我罵髒話。

♣ **美國父母常跟小孩說這三句話**

□ **1046.** *Make your bed.* | 要整理你的床舖。
     Clean your room. | 要打掃你的房間。
     Button your shirt. | 襯衫的鈕扣要扣好。

□ **1047.** *I misplaced my phone.* | 我忘了把手機放在哪裡了。
     I searched high and low. | 我到處都找過了。
     Can you help me look for it? | 你能幫我找嗎？

**────────

1045. pardon〔'pardn〕v. 原諒；寬恕　　French〔frɛntʃ〕n. 法文
    Pardon my French. 並非是字面的意思「原諒我的法文。」而是
    指「請原諒我罵髒話。」(= *Excuse my bad language.*) 其他和
    國家有關的慣用語有：Let's go Dutch. (我們各付各的。)
    It's all Greek to me. (這我完全不懂。)
    【Dutch〔dʌtʃ〕adj. 荷蘭的　　Greek〔grik〕n. 希臘文】
    swear〔swɛr〕v. 發誓；罵髒話　　curse〔kɜs〕v. 詛咒；罵髒話
1046. *make one's bed* 整理床舖　　clean〔klin〕v. 打掃
    button〔'bʌtn〕v. 把…扣上鈕扣　　shirt〔ʃɜt〕n. 襯衫
1047. misplace〔mɪs'ples〕v. 不知道把…放在何處
    phone〔fon〕n. 電話；手機 (= *cell phone*)
    search〔sɜtʃ〕v. 搜尋　　*high and low* 上上下下；到處
    look for 尋找

□ **1048.** *It stands out.*　　　　它很顯目。

It's easy to see.　　　　它很容易看到。

You can't miss it.　　　　你不會錯過。

□ **1049.** *Dress sharp.*　　　　要穿著時髦。

Be a sharp dresser.　　　　穿著要時髦。

Clothes make the man.　　　【諺】人要衣裝，佛要金裝。

□ **1050.** *I think so.*　　　　我也這麼認為。

I guess so.　　　　我也這麼猜想。

I suppose so.　　　　我也這麼以為。

□ **1051.** *Button your button.*　　　扣好你的鈕扣。

Buckle up your belt.　　　扣住你的皮帶。

Zip up your zipper.　　　拉上你的拉鏈。

**————

1048. *stand out* 突出；顯目　　miss〔mɪs〕*v.* 錯過

1049. dress〔drɛs〕*v.* 穿衣服

sharp〔ʃɑrp〕*adj.* 銳利的；聰明的；時髦的；漂亮的
adv. 衣著時髦地；穿著漂亮地

dresser〔'drɛsɚ〕*n.* 穿衣者　　clothes〔kloz〕*n. pl.* 衣服

make〔mek〕*v.* 造就　　man〔mæn〕*n.* 男人；人

Clothes make the man. 【諺】人要衣裝，佛要金裝。
(= *The tailor makes the man.*)【tailor〔'telɚ〕*n.* 裁縫師】

1050. guess〔gɛs〕*v.* 猜；猜想　　suppose〔sə'poz〕*v.* 以為；猜想

1051. button〔'bʌtn̩〕*n.* 鈕扣　*v.* 扣上（鈕扣）

buckle〔'bʌkl̩〕*v.* 扣住 < up >　　belt〔bɛlt〕*n.* 皮帶

zip〔zɪp〕*v.* 把…的拉鏈拉上 < up >　　zipper〔'zɪpɚ〕*n.* 拉鏈

☐ 1052. *Tie your shoe.* 　　　　　　繫上你的鞋帶。
　　　Your shoe is untied. 　　　　你的鞋帶掉了。
　　　Your shoelace is loose. 　　你的鞋帶鬆了。

☐ 1053. *Do my clothes match?* 　　我的衣服相配嗎？
　　　Do the colors go 　　　　　顏色相配嗎？
　　　　together?
　　　Does my outfit look OK? 　我的服裝看起來還可以嗎？

☐ 1054. *I like casual styles.* 　　　我喜歡輕便的款式。
　　　I like loose fitting 　　　　我喜歡寬鬆的衣服。
　　　　clothes.
　　　I don't like anything 　　　我不喜歡太緊的衣服。
　　　　too tight.

✱✱

1052. tie〔taɪ〕v. 綁；繫（鞋子）的帶子　　*tie one's shoe* 繫鞋帶
　　　untie〔ʌn'taɪ〕v. 解開…的帶子
　　　untied〔ʌn'taɪd〕adj. 沒有打結的
　　　shoelace〔'ʃu,les〕n. 鞋帶　　loose〔lus〕adj. 鬆的

1053. clothes〔kloz〕n. pl. 衣服　　match〔mætʃ〕v. 相配
　　　go together 相配　　outfit〔'aʊt,fɪt〕n. 服裝
　　　look〔lʊk〕v. 看起來　　OK〔'o'ke〕adj. 好的；可以的

1054. casual〔'kæʒʊəl〕adj. 非正式的；輕便的
　　　style〔staɪl〕n. 風格；款式
　　　fitting〔'fɪtɪŋ〕adj. 適合的；合身的
　　　loose fitting 寬鬆的　　tight〔taɪt〕adj. 緊的

loose　　tight

□ 1055. ***It's acceptable.***　　　　這個還可以。
　　　　I can live with it.　　　　我可以忍受。
　　　　It won't be a problem.　　不成問題

□ 1056. ***Turn it on.***　　　　　把它打開。
　　　　Turn it up.　　　　　　開大聲一點。
　　　　Change the channel.　　轉台。

□ 1057. ***Today is my big day.***　　今天是我的重要日子。
　　　　Wish me luck.　　　　　祝我好運。
　　　　Cross your fingers for　　要為我祈求好運。
　　　　　me.

cross your
fingers

□ 1058. ***Oops!***　　　　　　　啊！
　　　　Oh my God!　　　　　我的天啊！
　　　　I'm so sorry.　　　　非常抱歉。

**───────────

1055. acceptable〔ək'sɛptəbḷ〕*adj.* 可接受的；尚可的
　　live with 忍耐；忍受
1056. ***turn on*** 打開（電源）　　***turn up*** 開大聲
　　change〔tʃendʒ〕*v.* 改換；變更　　channel〔'tʃænḷ〕*n.* 頻道
　　change the channel 轉台（= *switch the channel*）
1057. big〔bɪg〕*adj.* 重要的　　wish〔wɪʃ〕*v.* 祝（某人）…
　　luck〔lʌk〕*n.* 運氣；幸運　　cross〔krɔs〕*v.* 使交叉
　　cross one's fingers（交叉手指）祈求好運
1058. oops〔ups〕*interj.* 啊！【表示驚訝、驚慌或歉意】（= *whoops*）
　　Oh my God! 現在也常寫成：OMG!

□ 1059. *It's okay.*   沒關係。

Nobody is perfect.   沒有人是完美的。

We all make mistakes.   我們都會犯錯。

□ 1060. *Wait a minute.*   等一下。

Just a minute.   等一下。

Hold on for just a minute.   等一下就好。

【這三句中的 minute，都可代換成 second 或 moment】

□ 1061. *I sense trouble is coming.*   我覺得麻煩就要來了。

Something bad is on its way.   有不好的事要發生了。

There's a storm on the horizon.   有風暴即將來臨。

** ───────────────

1059. perfect〔'pɝfɪkt〕*adj.* 完美的   *make a mistake* 犯錯

1060. minute〔'mɪnɪt〕*n.* 分鐘；片刻

hold on（稍等）這個片語源自打電話時，叫人「抓住話筒不要放」（= *wait and not hang up the telephone*）。現在即使不在電話中，也被普遍地使用。如果要加強語氣，可說：Hold on for just one minute. （只要等我一分鐘就好。）

1061. sense〔sɛns〕*v.* 感覺到；察覺   trouble〔'trʌbl̩〕*n.* 麻煩；煩惱

be on one's way 在進行中；接近

Something bad is on its way. = Something bad is going to happen.   storm〔stɔrm〕*n.* 暴風雨；風暴

horizon〔hə'raɪzn̩〕*n.* 地平線   *on the horizon* 即將來臨的

There's a storm on the horizon. 也可說成 Something bad is going to happen. （有不好的事情要發生了。）

14.
日常生活

♣ 遇到緊急狀況，打電話求救時，可以說下面三句話

☐ 1062. *I have an emergency.* | 我有緊急情況。
I need help right away. | 我立刻需要幫助。
I'm at 1234, Main | 我在主街 1234 號。
　　Street. |

☐ 1063. *We're lucky.* | 我們很幸運。
We should be grateful. | 我們應該心存感激。
We should count our | 我們應該想想自己有多幸
　　blessings. | 福。

☐ 1064. *Never forget.* | 絕對不要忘記。
Always remember. | 永遠要記得。
Appreciate everything | 對你現在擁有的每樣事物
　　now. | 心存感激。

＊＊ ────────────

1062. emergency〔ɪˋmɝdʒənsɪ〕*n.* 緊急情況
I have an emergency. 可說成：There is an emergency.
（有緊急事件。）　　　*right away* 立刻
I need help right away. 可說成：I need help ASAP.
（我需要盡快的協助。）【*ASAP* 盡快（*= as soon as possible*）】

1063. lucky〔ˋlʌkɪ〕*adj.* 幸運的　　grateful〔ˋgretfəl〕*adj.* 感激的
count〔kaʊnt〕*v.* 數
blessing〔ˋblɛsɪŋ〕*n.* 幸運；幸福；幸運的事
count one's blessings 想想自己有多幸福

1064. forget〔fəˋgɛt〕*v.* 忘記　　remember〔rɪˋmɛmbɚ〕*v.* 記得
appreciate〔əˋpriʃɪˏet〕*v.* 感激

15. 談論金錢
Talking About Money

用手機掃瞄聽錄音

☐ **1065.** ***You need to cut costs.*** | 你必須減少花費。
You should spend less. | 你應該少花點錢。
You have to reduce | 你必須減少你的花費。
  your spending. |

☐ **1066.** ***Money burns a hole in*** | 你留不住錢。
  your pocket. |
Don't squander your | 不要浪費你辛苦賺來的
  hard-earned money. | 錢。
Never live beyond | 不要入不敷出。
  your means. |

** ————————————

1065. cut〔kʌt〕v. 減少   cost〔kɔst〕n. 費用
spend〔spɛnd〕v. 花費   reduce〔rɪ'djus〕v. 減少
spending〔'spɛndɪŋ〕n. 花費

1066. burn〔bɝn〕v. 燃燒;燒出;燒成(洞)
hole〔hol〕n. 洞   pocket〔'pakɪt〕n. 口袋
money burns a hole in one's ***pocket***「錢把某人口袋燒個洞」,
    表示「某人留不住錢;某人喜歡浪費錢」。
squander〔'skwandɚ〕v. 浪費(金錢)
hard-earned〔'hard'ɝnd〕adj. 辛苦賺的
beyond〔bɪ'jand〕prep. 超過   means〔minz〕n. pl. 財富;財力
live beyond one's ***means*** 過著入不敷出的生活

15.
談
論
金
錢

□ 1067. *I'm getting by*. 　　我在勉強過活。
　　I'm making it. 　　我就快要成功了。
　　I'm making ends 　　我正在使收支平衡。
　　　meet.

♣ 勸別人要節省，不要浪費，可以用下面六句話

□ 1068. *Be frugal*. 　　要節省。
　　Don't squander your 　　不要浪費你的錢。
　　　money.
　　A penny saved is a 　　【諺】省一分，就是賺一分；
　　　penny earned. 　　能省則省。

□ 1069. *Be thrifty*. 　　要節儉。
　　Don't be wasteful. 　　不要浪費。
　　Money doesn't grow 　　錢可不是從天上掉下來的。
　　　on trees.

＊＊————————————

1067. *get by* （勉強）過活；（勉強）對付過去
　　make it 成功；辦到
　　make ends meet 使收支相抵；使收支平衡
1068. frugal〔'frugḷ〕*adj.* 節儉的；節省的（= *economical* = *thrifty*）
　　squander〔'skwɑndɚ〕*v.* 浪費
　　penny〔'pɛnɪ〕*n.* 一分（硬幣）
　　save〔sev〕*v.* 節省　　earn〔ɝn〕*v.* 賺
1069. thrifty〔'θrɪftɪ〕*adj.* 節儉的　　wasteful〔'westfəl〕*adj.* 浪費的
　　Money doesn't grow on trees. 錢可不是從樹上長出來的；
　　　錢可不是從天上掉下來的。【提醒別人花錢要謹慎】

15.
談
論
金
錢

□ **1070.** ***Be willing to sacrifice.***   要願意犧牲。
    Be farsighted.   要有遠見。
    Think long-term gain.   要想到長期的收穫。

□ **1071.** ***Don't be afraid to lose.***   不要害怕吃虧。
    Don't be afraid to be   不要害怕被利用。
    taken advantage of.
    The more you give, the   你付出的越多，得到的就
    more you receive.   越多。

♣ **下面三句話都是指「他很有錢」**

□ **1072.** ***He's loaded.***   他很有錢。
    He's well off.   他很有錢。
    He's well-to-do.   他很富有。

**──────────

1070. willing〔'wɪlɪŋ〕*adj.* 願意的　　sacrifice〔'sækrə,faɪs〕*v.* 犧牲
    farsighted〔'fɑr'saɪtɪd〕*adj.* 有遠見的
    Be farsighted. 也可說成：Be farsighted, not nearsighted.
     （要有遠見，不要目光短淺。）
    think〔θɪŋk〕*v.* 想；考慮　　long-term〔'lɔŋ,tɜm〕*adj.* 長期的
    gain〔gen〕*n.* 獲得；收益；報酬

1071. afraid〔ə'fred〕*adj.* 害怕的　　lose〔luz〕*v.* 損失；失去
    take advantage of 利用
     「The + 比較級…, the + 比較級～」表「越…就越～」。
    receive〔rɪ'siv〕*v.* 獲得

1072. loaded〔'lodɪd〕*adj.* 有錢的（= *rich*）
    well off 有錢的；富裕的　　well-to-do〔'wɛltə'du〕*adj.* 富有的

□ 1073. ***Easy come, easy go.***　【諺】來得容易，去得快。
Easily won, easily lost.　易得也易失。
You win some, you　有得必有失。
　　lose some.

□ 1074. ***At first, saving money***　一開始，存錢很難。
　　is difficult.
Eventually, it pays off.　最後會很值得。
In the long run, you　以後，你是不會後悔的。
　　won't regret it.

□ 1075. ***Money comes.***　錢來來去去，但記憶永遠
Money goes.　存在。
But the memory is
　　always there.

＊＊────────────────

1073. ***You win some, you lose some.*** 也可加長說成：You win some,
you lose some. That is life.（有得必有失。那就是人生。）

1074. save〔sev〕*v.* 存（錢）　　eventually〔ɪˈvɛntʃʊəlɪ〕*adv.* 最後
pay off 成功；順利；得到回報；有收穫
Eventually, it pays off. 也可說成：Saving money now will
be worth it in the future.（現在存錢，以後是很值得的。）
　【***worth it*** 很值得】
in the long run 最後；終究　　regret〔rɪˈgrɛt〕*v.* 後悔

1075. memory〔ˈmɛmərɪ〕*n.* 記憶
But the memory is always there. 也可說成：But the memory
always remains.【remain〔rɪˈmen〕*v.* 繼續存在】

□ 1076. **_Just a wild guess_.**   只是隨便猜猜。
     Just rolling the dice.   我只是碰碰運氣。
     It was a shot in the   我只是瞎猜的。
         dark.

□ 1077. **_That company failed_.**   那家公司倒閉了。
     It went down in   一敗塗地。
         flames.
     It crashed and burned.   徹底失敗。

＊＊

1076. wild〔waɪld〕*adj.* 瘋狂的；荒謬的；毫無根據的
     guess〔gɛs〕*n.* 猜測   **_a wild guess_** 亂猜
     roll〔rol〕*v.* 滾動；擲（骰子）   dice〔daɪs〕*n. pl.* 骰子
     roll the dice 擲骰子；碰運氣
     Just rolling the dice. 也可説成：I'm just trying my luck.
       （我只是在碰運氣。）【**_try one's luck_** 碰運氣】
     shot〔ʃɑt〕*n.* 射擊   **_in the dark_** 在黑暗中
     a shot in the dark 字面的意思是「在黑暗中射擊」，引申爲
       「瞎猜；亂猜」。

1077. company〔'kʌmpənɪ〕*n.* 公司
     fail〔fel〕*v.* 失敗；（公司）破產（= *go bankrupt*）；倒閉
       （= *close*）   flame〔flem〕*n.* 火焰
     go down in flames 付之一炬；一敗塗地（= *fail spectacularly*）
     crash〔kræʃ〕*v.* 墜毀；失敗
     crash and burn 字面的意思是「墜毀並燃燒」，引申爲「徹底
       失敗；潰敗」（= *fail spectacularly and beyond repair*）。
     It went down in flames. 和 **_It crashed and burned_.** 是同義
       句，也可簡單説成：It was a failure.（它失敗了。）

**15.
談論金錢**

♣「一朝被蛇咬，十年怕草繩」英文怎麼說？

□ 1078. ***I'm very cautious.*** | 我非常小心。
I've been hurt before. | 我以前受過傷害。
Once bitten, twice shy. | 【諺】一朝被蛇咬，
  | 十年怕草繩。

□ 1079. ***I've been tricked.*** | 我被騙過。
I've been fooled before. | 我從前被騙過。
I won't be a victim again. | 我不會再受騙了。

□ 1080. ***Do you have any change?*** | 你有零錢嗎？
I need a few dollars. | 我需要幾塊錢。
I only have big bills. | 我只有大鈔。

＊＊────────────

1078. cautious〔'kɔʃəs〕*adj.* 謹慎的；小心的（= *careful* ）
hurt〔hɝt〕*v.* 傷害　　once〔wʌns〕*adv.* 一次；一旦
bite〔baɪt〕*v.* 咬　　shy〔ʃaɪ〕*adj.* 害羞的；害怕的
Once bitten, twice shy. 是諺語，字面的意思是「第一次被咬，
第二次就害怕了。」也就是中文的「一朝被蛇咬，十年怕草繩。」

1079. trick〔trɪk〕*v.* 欺騙　　fool〔ful〕*v.* 愚弄；欺騙　*n.* 傻瓜
victim〔'vɪktɪm〕*n.* 受害者
I won't be a victim again. 字面的意思是「我不會再成為受害
者了。」在此引申為「我不會再被騙了。」或「我不會再被
佔便宜了。」(= *I won't be taken advantage of again.*)
【*take advantage of* 佔…的便宜】

1080. ***Do you have any change?*** 可説成：Do you have some
change?（你有一些零錢嗎？）【change〔tʃendʒ〕*n.* 零錢】
dollar〔'dɑlɚ〕*n.* 元　　bill〔bɪl〕*n.* 紙鈔　　***big bill*** 大鈔

16. 學習英文
Studying English

用手機掃瞄聽錄音

□ **1081.** ***Put your phones on silent.*** 請將你們的手機關靜音。

Turn your phones off. 把你們的手機關掉。
Pay attention in class. 上課要專心。

□ **1082.** ***Did I pronounce this word correctly?*** 這個字我的發音正確嗎？

Am I saying it right? 我唸得對嗎？
Correct me if I mispronounce. 如果我唸錯，請糾正我。

**

1081. put〔pʊt〕v. 使處於（某種狀態）
phone〔fon〕n. 電話【在此指 cell phone（手機）】
silent〔'saɪlənt〕adj. 寂靜無聲的
put…on silent 將…關靜音（= *put…on silent mode*）
turn off 關掉（電源）
attention〔ə'tɛnʃən〕n. 注意；專心
pay attention 注意；專心

turn off

1082. pronounce〔prə'naʊns〕v. 發音；發…的音
correctly〔kə'rɛktlɪ〕adv. 正確地
right〔raɪt〕adv. 正確地
correct〔kə'rɛkt〕v. 更正；糾正　adj. 正確的
mispronounce〔‚mɪsprə'naʊns〕v. 發錯音；讀錯

16.
學習英文

♣ 問單字的拼字，可以用下面三句話

☐ 1083. *How do you spell it?* | 你怎麼拼這個字？
What's the spelling? | 要怎麼拼這個字？
Spell it out for me, | 請把它的字母拼出來給
　please. | 我。

☐ 1084. *English is global.* | 英文是世界性的。
All nations are learning | 所有的國家都在學英文。
　English. |
We must learn English, | 我們也必須學英文。
　too. |

☐ 1085. *Please follow this rule.* | 請遵守這個規則。
Speak only English. | 只說英文。
Speak every chance you | 有機會就要說英文！
　have! |

** ——————————

1083. spell〔spɛl〕*v.* 拼（字）
不可說成：*How to spell it?*（誤）是中式英文。
spelling〔'spɛlɪŋ〕*n.*（單字的）拼法
spell out 把（單字）的字母逐一拼出來
1084. global〔'globl〕*adj.* 全世界的；全球的
nation〔'neʃən〕*n.* 國家
1085. follow〔'falo〕*v.* 遵守　　rule〔rul〕*n.* 規則；規定
chance〔tʃæns〕*n.* 機會
speak every chance you have 一有機會就說
　（= *speak whenever you have a chance*）

16. 學習英文

♣ **形容事情太難了，無法理解，可以用下面六句話**

□ 1086. *It's over my head.*　　　　　我不懂。
It's beyond me.　　　　　　　我無法理解。
It's too difficult.　　　　　　太難了。

□ 1087. *It's out of my league.*　　　這超出我的能力範圍。
I'm not an expert.　　　　　　我不是專家。
It's too complicated.　　　　　這太複雜了。

□ 1088. *English is everywhere.*　　　英文無所不在。
English is a key to　　　　　　英文是成功的關鍵。
　　　success.
We must learn and　　　　　　我們必須學習並精通英文。
　　　master it.

** ─────────────────

1086. *over one's head* 難以理解　　beyond〔 bɪ'jɑnd 〕*prep.* 超出
be beyond sb. 某人無法理解（ = *be too difficult for sb. to*
comprehend ）

1087. league〔 lig 〕*n.* 聯盟
就像棒球有「大聯盟」、「少棒聯盟」，能力相同的人才能在
同一聯盟，*out of one's league*，超出某人的聯盟，也就是
「超出某人的能力範圍」。
expert〔 'ɛkspɝt 〕*n.* 專家
complicated〔 'kɑmplə,ketɪd 〕*adj.* 複雜的

1088. everywhere〔 'ɛvrɪ,hwɛr 〕*adv.* 到處；各處
key〔 ki 〕*n.* 關鍵 < *to* >　　success〔 sək'sɛs 〕*n.* 成功
master〔 'mæstɚ 〕*v.* 精通

□ 1089. *Learning to speak English is not a big deal.*　　學習說英文不是什麼了不起的事。

It's not that difficult.　　沒有那麼困難。

It's no more than a speaking technique.　　只不過是說話的技巧而已。

□ 1090. *No need to memorize.*　　你不必背。

Learn it naturally.　　要自然地學習。

Learn three sentences at a time.　　一次學三句。

□ 1091. *Just master this method.*　　只要學好這個方法。

You'll be articulate.　　你就很會說話。

You'll be a well-spoken person.　　你的口才會變得很好。

** ──────────

1089. deal〔dil〕*n.* 交易　　***a big deal*** 了不起的事

that〔ðæt〕*adv.* 那樣地；那麼

no more than 只不過是（= *only*）

technique〔tɛk'nik〕*n.* 技巧

1090. ***No need*** … 源自 There is no need…（沒有必要…；不必…）

memorize〔'mɛmə,raɪz〕*v.* 記憶；背誦

naturally〔'nætʃərəlɪ〕*adv.* 自然地　　***at a time*** 一次

1091. master〔'mæstɚ〕*v.* 精通；學好　　method〔'mɛθəd〕*n.* 方法

articulate〔ɑr'tɪkjəlɪt〕*adj.* 善於表達的；會說話的

well-spoken〔'wɛl'spokən〕*adj.* 談吐高雅的；說話得體的

♣ **可用這三句話鼓勵別人開口說英文**

□ 1092. ***Don't be afraid to***
make mistakes.
　　Make mistakes to
　　improve.
　　To mess up is fine.

不要害怕犯錯。

犯錯才能進步。

把事情搞砸沒有關係。

□ 1093. ***Once you learn it***, ***it's***
yours.
　　You'll remember for life.
　　It's just like riding a
　　bike.

一旦你學會，就是你的
了。

你會一輩子記得。

就像騎腳踏車一樣。

□ 1094. ***Change the world.***
　　Make things better.
　　Make a difference by
　　learning English.

改變全世界。

讓一切更美好。

藉由學英文來發揮影響
力。

**────────────

1092. afraid〔ə'fred〕*adj.* 害怕的　　mistake〔mə'stek〕*n.* 錯誤
make a mistake 犯錯　　improve〔ɪm'pruv〕*v.* 改善；進步
mess up 搞砸　　fine〔faɪn〕*adj.* 好的；沒關係的
1093. once〔wʌns〕*conj.* 一旦　　***for life*** 終生；一輩子
like〔laɪk〕*prep.* 像　　ride〔raɪd〕*v.* 騎
bike〔baɪk〕*n.* 腳踏車（= *bicycle*）
1094. change〔tʃendʒ〕*v.* 改變　　difference〔'dɪfərəns〕*n.* 不同
make a difference 有差別；有影響

ride a bike

17. 勸告別人
Giving Advice

用手機掃瞄聽錄音

□ **1095.** ***Work hard!***　　要努力工作！
　　　　 Knuckle down!　　要開始努力工作！
　　　　 Keep your nose to the　　要埋頭苦幹。
　　　　 grindstone.

□ **1096.** ***Get tougher!***　　要堅強一點！
　　　　 Work harder!　　要更加努力！
　　　　 Time to take the　　認真的時候到了！
　　　　 gloves off!

** ───────────

1095. hard〔hɑrd〕*adv.* 努力地　　***work hard*** 努力工作；努力
　　knuckle〔'nʌkl̩〕*n.* 指關節　*v.*（彈玻璃珠時）把指關節按在地上
　　knuckle down 開始努力工作　　nose〔noz〕*n.* 鼻子
　　grindstone〔'graɪnd,ston〕*n.* 磨石
　　keep *one's* ***nose to the grindstone*** 埋頭苦幹；不停工作

1096. tough〔tʌf〕*adj.* 堅硬的；堅強的
　　(It's) time to ⋯ 該是⋯的時候了
　　take off 脫掉　　gloves〔glʌvz〕*n. pl.* 手套
　　take the gloves off ①脫掉手套 ②認真起來；認真作戰
　　Time to take the gloves off! 也可說成：Time to behave in
　　　a hostile or dogged way!（是該採取敵對或頑強態度的時
　　　候了！）【hostile〔'hɑstl̩ , 'hɑstɪl〕*adj.* 敵對的；有敵意的
　　　dogged〔'dɔgɪd〕*adj.* 頑強的】

17.
勸告別人

☐ **1097.** *Take the lead.* 要領先。
Lead the way. 要領先。
Let others follow you. 要讓別人跟隨你。

☐ **1098.** *Bend over backward.* 要拼命努力。
Leave nothing left. 要不遺餘力。
Expend all your energy. 要用盡你所有的精力。

☐ **1099.** *Have some spirit.* 要有精神。
Use your soul. 要全心投入。
Put your heart into it. 要投注你的心力。

＊＊────────────

1097. lead〔lid〕*n.* 最前頭；率先 *v.* 帶領
take the lead 率先；領先 *lead the way* 先行；帶路
follow〔'falo〕*v.* 跟隨
Let others follow you. 也可說成：Be the leader of others.
（要成為別人的領導者。）

1098. bend〔bɛnd〕*v.* 彎；彎曲 *bend over* 俯身在…上
backward〔'bækwəd〕*adv.* 向後方
bend over backward 拼命努力
leave〔liv〕*v.* 使處於（某種狀態） left〔lɛft〕*adj.* 剩下的
expend〔ɪk'spɛnd〕*v.* 花費；用光；用盡
energy〔'ɛnədʒɪ〕*n.* 精力；活力

1099. spirit〔'spɪrɪt〕*n.* 心；精神 soul〔sol〕*n.* 靈魂
Use your soul. 字面的意思是「要用你的靈魂。」引申為「要全
心投入。」(= *Put your whole self into it.* = *Give it your all.*)
heart〔hart〕*n.* 心；熱忱；興趣
put one's heart into 熱中於

♣「做事不要半途而廢」英文怎麼說？

□ 1100. ***Don't do things by halves.***　　做事不要半途而廢。

Go big or go home.　　要全力以赴。

Be all in or all out.　　要就盡全力，不然就什麼都不要做。

□ 1101. ***Never do anything halfway.***　　做事不要半途而廢。

Never do anything at half speed.　　做事要盡全力。

Never do anything in a marginal way.　　做事不要得過且過。

** ———————————

1100. half〔hæf〕*n.* 一半　　***by halves*** 半途而廢地【常用於否定句】
go〔go〕*v.* 變得（= *become*）　　big〔bɪg〕*adj.* 順利；成功
Go big or go home. 字面的意思是「要就成功，不然就回家。」
引申為「要全力以赴。」（= *Go all out.*）這句話源自 1990 年代的一個銷售口號。

be all in 全力以赴（= *be completely committed*）
be all out 什麼都不做（= *don't do anything*）

1101. halfway〔'hæf'we〕*adv.* 至中途；不徹底地（= *not thoroughly*）
Never do anything halfway. 可說成：Do things all the way.
（要把事情從頭到尾做完。）或 Go all the way.（要一直做下去。）【*all the way* 從頭到尾；一直】　　speed〔spid〕*n.* 速度
at half speed 盡一半力量　【比較】*at full speed* 盡全力
marginal〔'mɑrdʒɪnl〕*adj.* 邊緣的；得過且過的；勉強合格的
way〔we〕*n.* 方式；樣子

♣「種瓜得瓜，種豆得豆」英文怎麼說？

☐ **1102.** *You get what you give.* | 你付出多少，就得到多少。
You reap what you | 種瓜得瓜，種豆得豆。
sow.
What goes around | 善有善報，惡有惡報。
comes around.

☐ **1103.** *Do good, and good* | 如果你做好事，好事就會找
will find you. | 上你。
Do bad, and bad will | 如果你做壞事，壞事就會發
happen. | 生。
Actions have | 有因必有果。
consequences.

17.
勸告別人

** ————————————

1102. reap〔rip〕*v.* 收割；收穫   sow〔so〕*v.* 播（種）
You reap what you sow.【諺】種瓜得瓜，種豆得豆。
go around 從一地或一人傳到另一地或另一人；流傳
come around 再度來臨
What goes around comes around.【諺】種瓜得瓜，種豆得豆；
    善有善報，惡有惡報。
1103. good〔gʊd〕*n.* 好事（= *good things*）
do good 行善；做好事
Do good, and good will find you. 也可說成：Do good, and
    good will come to you.
bad〔bæd〕*n.* 壞事（= *bad things*）   *do bad* 做壞事
actions〔ˈækʃənz〕*n. pl.* 行為
consequence〔ˈkɑnsəˌkwɛns〕*n.* 後果

♣ 勸告別人不要食言，可以用下面六句話

□ 1104. ***Don't withdraw***.　　　　　不要退縮。

Don't decide not to do it.　不要決定不做了。

Don't go back on your word.　不要違背你的承諾。

□ 1105. ***Don't back out***.　　　　不要食言。

Don't cancel on me.　　不要取消我們的計劃。

Don't change your mind.　不要改變心意。

□ 1106. ***Don't overdo it***.　　　不要做得太過火。

Don't take on too much.　不要承擔太多事。

Don't bite off more than you can chew.　【諺】貪多嚼不爛；不要自不量力。

**————————————

1104. withdraw〔wɪð'drɔ〕v. 撤退；退縮

decide〔dɪ'saɪd〕v. 決定　　***go back on*** 違背（承諾）；撤回

word〔wɝd〕n. 承諾　　***go back on*** one's ***word*** 違背諾言

1105. ***back out*** 食言；退出（計劃等）；取消

cancel〔'kænsḷ〕v. 取消　　***cancel on*** sb. 取消和某人的計劃

Don't cancel on me. 也可說成：Don't cancel our plan.

（不要取消我們的計劃。）

change one's ***mind*** 改變心意

1106. overdo〔ˌovɚ'du〕v. 做…過火；做…過度　　***overdo it*** 做得過火

take on 承擔　　***bite off*** 咬掉；咬下　　chew〔tʃu〕v. 嚼

☐ **1107.** ***Be open-minded.***　　　　要心胸開闊。
　　　　Be willing to consider　　要願意考慮別人的想
　　　　　others' ideas.　　　　　法。
　　　　Don't be narrow-minded.　不要心胸狹窄。

♣「溫拿」和「魯蛇」是什麼意思？

17.
勸
告
別
人

☐ **1108.** ***Be for everyone.***　　　　要支持每個人。
　　　　Be a winner.　　　　　要成為贏家（溫拿）。
　　　　Don't be a loser.　　　不要成為失敗者（魯蛇）。

☐ **1109.** ***You can't do it alone.***　　你無法獨自辦到。
　　　　No man is an island.　　【諺】沒有人是一座孤
　　　　　　　　　　　　　　島；人都需要朋友。

　　　　All for one and one for　人人為我，我為人人。
　　　　　all.

** ――――――――――――――――――――――

1107. open-minded〔'opən'maɪndɪd〕*adj.* 心胸開闊的
　　willing〔'wɪlɪŋ〕*adj.* 願意的　　consider〔kən'sɪdɚ〕*v.* 考慮
　　narrow-minded〔'næro'maɪndɪd〕*adj.* 心胸狹窄的
1108. ***be for everyone*** 支持每個人（= *support everyone*）
　　winner〔'wɪnɚ〕*n.* 贏家；勝利者【網路用語稱作「溫拿」】
　　loser〔'luzɚ〕*n.* 失敗者【網路用語稱作「魯蛇」】
1109. ***do it*** 成功；辦到　　alone〔ə'lon〕*adv.* 獨自
　　island〔'aɪlənd〕*n.* 島
　　All for one and one for all. 人人為我，我為人人。【出自法國
　　　19世紀大文豪大仲馬（Alexandre Dumas）的名著《三劍客》
　　　（The Three Musketeers）】

♣ 下面三句話都強調「團隊合作」

□ 1110. *Teamwork.* 　　　　　　要團隊合作。
　　　Work together. 　　　　　要合作。
　　　There's no "I" in team. 　團隊裡沒有個人。

□ 1111. *Share yourself.* 　　　　要分享你的一切。
　　　Enjoy being used. 　　　　要喜歡被利用。
　　　Being used means 　　　　被利用表示你很有用。
　　　　you're useful.

□ 1112. *Don't make enemies.* 　　不要製造敵人。
　　　Don't burn bridges. 　　　不要自斷退路。
　　　Never end things 　　　　絕不要讓事情有不好的結
　　　　badly. 　　　　　　　　尾。

17.
勸
告
別
人

** ――――――――――――

1110. teamwork (ˈtimˌwɝk) *n.* 團隊合作
　　Teamwork. 源自 Teamwork is important. (團隊合作很重要。)
　　work together 合作 (= *cooperate*)　　team (tim) *n.* 團隊
　　There is no "I" in team. 的意思是在 team (團隊) 這個字的拼
　　　字裡，沒有 I 這個字母 (= *There is no "I" in the word team.*)，
　　　暗喻團隊中沒有個人自我的存在，引申為「團隊裡沒有個人。」
　　　不可說成：*There is no "I" in the team.* (誤)
1111. share (ʃɛr) *v.* 分享　　use (juz) *v.* 使用；利用
　　mean (min) *v.* 意思是　　useful (ˈjusfəl) *adj.* 有用的
1112. enemy (ˈɛnəmɪ) *n.* 敵人　　*make enemies* 樹敵
　　bridge (brɪdʒ) *n.* 橋　　*burn bridges* 自斷退路
　　end (ɛnd) *v.* 使結束　　badly (ˈbædlɪ) *adv.* 不好地

♣ 下面三句話說明「新友是銀，老友是金」

□ 1113. *Make new friends*.   要結交新朋友。

Make sure to keep the   一定要留住老朋友。
old.

One is silver, the other   一個是銀，另一個是金；
is gold.   前者是銀，後者是金。

□ 1114. *Choose friends wisely*.   要明智地選擇朋友。

Hang out with kind   要和善良的人在一起。
people.

Have friends that   要有支持你的朋友。
support you.

17.
勸告別人

** ————————————

1113.
make friends 交朋友   ***make sure*** 確定；一定
keep〔kip〕*v.* 保留；保有
the old 在此指 old friends（老朋友）。
one…the other 一個…另一個；前者…後者（= *the former…the latter*）【在此指「新朋友…老朋友」】
silver〔'sɪlvɚ〕*adj.* 銀的   gold〔gold〕*adj.* 金的
One is silver, the other is gold. 源自諺語：Speech is silver, silence is golden.（雄辯是銀，沈默是金。）

1114.
choose〔tʃuz〕*v.* 選擇
wisely〔'waɪzlɪ〕*adv.* 明智地
hang out with sb. 和某人在一起（= *spend time with sb.*）；
  和某人一起出去玩
Hang out with kind people. = Spend time with nice people.
support〔sə'port〕*v.* 支持

□ **1115.** *Don't swear.* 不要罵髒話。

Don't talk trash. 不要說廢話。

Don't say anything bad. 不要說不好的話。

□ **1116.** *Don't complain.* 不要抱怨。

Don't whine. 不要抱怨。

You'll turn people off. 你會讓人不喜歡。

□ **1117.** *Whisper.* 小聲說。

Be quiet. 要安靜。

Put a sock in it. 別說話。

□ **1118.** *Be positive.* 要正面。

Say good things. 要說好話。

Don't talk like that. 不要那樣說話。

** ————————

1115. swear〔swɛr〕v. 發誓;罵髒話 trash〔træʃ〕n. 垃圾;廢話
talk trash 說廢話;批評;指責;(比賽時)在場上說髒話
bad〔bæd〕adj. (說話等)下流的;粗野的

1116. complain〔kəm'plen〕v. 抱怨
whine〔hwaɪn, waɪn〕v. 抱怨
turn sb. off 使某人失去興趣;使某人不喜歡
  (= *make sb. dislike you*)

whisper

1117. whisper〔'hwɪspɚ〕v. 小聲說;低語
quiet〔'kwaɪət〕adj. 安靜的 sock〔sak〕n. 短襪
Put a sock in it. 別說話;閉嘴;住口。

1118. positive〔'pazətɪv〕adj. 正面的;積極的;樂觀的

♣ 勸告人要說好話，不要說壞話，可以用下面九句話

□ **1119.** *Be good*.   做好人。
         Do good.   做好事。
         Say good.   說好話。

□ **1120.** *Speak well of others*.   要說別人的好話。
         Be full of kind words.   要滿嘴好話。
         Praise whenever you   能稱讚就儘量稱讚。
           can.

□ **1121.** *Never badmouth*   絕不要說別人的壞話。
           someone.
         Never belittle others.   絕不要小看別人。
         Never backstab anyone.   絕不要在背後捅人一刀。

17.
勸告別人

** ——————————

1119. *Be good*. = Be a good person. (做好人。)
     Do good. = Do good things. (做好事。)
     Say good. = Say good words. (說好話。)
1120. *speak well of others* 說別人的好話
       (↔ speak ill of others 說別人的壞話)
     be full of 充滿   *Be full of kind words*. = Say nice things.
     kind〔kaɪnd〕*adj.* 善意的；好心的   praise〔prez〕*v.* 稱讚
     whenever〔hwɛnˋɛvɚ〕*conj.* 無論何時；每當
1121. badmouth〔ˋbæd͵mauθ〕*v.* 批評；指責；說…的壞話
       (= bad-mouth)   belittle〔bɪˋlɪtḷ〕*v.* 輕視；小看
     backstab〔ˋbæk͵stæb〕*v.* 暗箭傷人；在背後捅人一刀
     【stab〔stæb〕*v.* 刺；戳】

backstab

□ **1122.** *Please keep quiet*.　　請保持安靜。
　　Say nothing bad.　　不要說難聽的話。
　　Hold your tongue.　　要保持沈默。

♣ 勸告別人要謙虛，可說下面六句話 ♣

□ **1123.** *Be modest*.　　要謙虛。
　　Swallow your pride.　　不要驕傲。
　　Eat humble pie.　　要謙虛。

□ **1124.** *Don't exaggerate*.　　不要誇張。
　　Don't cross the line.　　不要太過分。
　　Don't get carried away.　　不要太激動。

**17.
勸
告
別
人**

** ——————

1122. quiet〔'kwaɪət〕*adj.* 安靜的
　　bad〔bæd〕*adj.*（說話等）下流的；粗野的
　　hold〔hold〕*v.* 壓抑；不發（言語、聲音等）
　　tongue〔tʌŋ〕*n.* 舌頭；語言
　　hold your tongue 別吵；住口；保持緘默（ = *bite your tongue* ）
1123. modest〔'mɑdɪst〕*adj.* 謙虛的　　swallow〔'swɑlo〕*v.* 吞下
　　pride〔praɪd〕*n.* 驕傲；自尊心
　　***Swallow your pride*.** 「要吞下你的驕傲。」就是「不要驕傲。」
　　humble〔'hʌmbl̩〕*adj.* 謙虛的　　pie〔paɪ〕*n.* 派
　　***Eat humble pie*.** ①要謙虛。(= *Be humble in your behavior.*)
　　　②要認錯。(= *Admit faults.*)
1124. exaggerate〔ɪg'zædʒə,ret〕*v.* 誇大；誇張
　　cross the line 越過界線；太過分（ = *go too far* ）
　　get/be carried away 字面的意思是「被帶走」，也就是「興奮到
　　　失控（ = *lose control*)；太激動（ = *get too excited*)」。

♣ 請對方坦白説、不要廢話，可以用下面六句話

☐ 1125. *Please be blunt*. 請你要直率。
Tell it like it is. 坦白説。
Call a spade a spade. 直言不諱。

☐ 1126. *Spit it out*. 坦白説出來。
Get to the point. 切中要點。
Cut to the chase. 切入正題。

☐ 1127. *Don't judge*. 不要批評。
Don't criticize. 不要批評。
Let God do the judging. 讓上帝來判斷。

** ——————————————

1125. blunt〔blʌnt〕*adj.* 直率的；直言不諱的
like〔laɪk〕*prep.* 像 *tell it like it is* 老實説；坦白説
spade〔sped〕*n.* 鏟子；(撲克牌的) 黑桃
call a spade a spade「是黑桃就説是黑桃」，引申爲「直言不諱」。

1126. spit〔spɪt〕*v.* 吐出 *spit it out* 坦白説出
point〔pɔɪnt〕*n.* 要點；重點 *to the point* 切中要點
chase〔tʃes〕*n.* 追逐
cut to the chase 言歸正傳；廢話少説；切入正題

1127. judge〔dʒʌdʒ〕*v.* 判斷；評斷；批評
criticize〔'krɪtə,saɪz〕*v.* 批評 God〔gɑd〕*n.* 上帝
do the V-ing 就等於動詞本身，所以 do the judging 就等於
judge。
Let God do the judging. 也可説成：Let God decide. (讓上帝
來決定。) 或 Let God decide whether it is good or bad.
(讓上帝來決定它是好還是壞。)

☐ 1128. *Be understanding*.	要體諒別人。
Be sympathetic.	要有同情心。
Open your heart.	敞開你的心扉。
☐ 1129. *Go easy*.	要寬大一點。
Show mercy.	要大發慈悲。
Show care and concern.	展現你的關注和關懷。
☐ 1130. *Don't hog it*.	不要想獨佔。
Don't be greedy.	不要貪心。
Don't take it all.	不要全都拿走。

＊＊────────────

1128. understanding〔ˌʌndɚˈstændɪŋ〕*adj.* 體諒的
sympathetic〔ˌsɪmpəˈθɛtɪk〕*adj.* 同情的；有同感的
open* one's *heart 敞開心扉
Open your heart. 也可說成：Be generous. (要慷慨大方。)
　　Be kind. (要仁慈。)

1129. ***go easy*** ①輕鬆悠閒地做　②溫和；寬大 < *on sb.* >
　　③節省使用；少使用 < *on sth.* >
Go easy. 也可說成：Don't be harsh. (不要嚴厲。)
　　Be lenient. (要寬大。)【harsh〔harʃ〕*adj.* 嚴厲的
　　lenient〔ˈlinɪənt〕*adj.* 寬大的】
show〔ʃo〕*v.* 展現　　mercy〔ˈmɜsɪ〕*n.* 慈悲；仁慈；憐憫
show mercy to ~ 對~大發慈悲；對~開恩
care〔kɛr〕*n.* 擔憂；照顧；注意
concern〔kənˈsɝn〕*n.* 關心；憂慮；關懷

1130. hog〔hɑg〕*v.* 想獨佔；貪吃　　*n.* 豬
greedy〔ˈgridɪ〕*adj.* 貪心的

♣ 請別人排隊，不要插隊，可以用下面六句話

☐ 1131. *Wait in line.*   要排隊。
The line is here.   隊伍在這裡。
Don't cut in line.   不要插隊。

☐ 1132. *Always line up.*   一定要排隊。
Wait your turn.   要等輪到你。
Never cut ahead of   絕不要在別人前面插隊。
   others.

☐ 1133. *Don't refuse a gift.*   不要拒絕禮物。
Don't turn down a   不要拒絕別人的好意。
   kindness.
Always accept   一定要接受別人慷慨的行
   generosity.   爲。

17. 勸告別人

**─────────

1131. wait〔wet〕v. 等   line〔laɪn〕n.（等待順序的）行列
wait in line 排隊等候   *cut in line* 插隊
1132. *line up* 排隊
wait〔wet〕v. 等待（機會、輪次等）【等人或具體事物時用 *wait*
for】   turn〔tɝn〕n. 輪流   *one's turn* 輪到某人
cut〔kʌt〕v. 抄近路；迅速行進   *ahead of* 在…前面
cut ahead of sb. 插隊（= *cut in front of sb.* = *cut in line*）
1133. refuse〔rɪ'fjuz〕v. 拒絕   *turn down* 拒絕
kindness〔'kaɪndnɪs〕n. 親切；仁慈；親切的行爲
accept〔ək'sɛpt〕v. 接受
generosity〔ˌdʒɛnə'rɑsətɪ〕n. 慷慨大方；慷慨的行爲

□ **1134.** ***Don't get hooked.*** 　　　不要上癮。
　　　Don't be addicted. 　　　不要上癮。
　　　Don't let it control your 　　不要讓它控制你的生
　　　　life. 　　　　　　　　　活。

□ **1135.** ***Don't make things worse.*** 　別讓事情變得更糟。
　　　Don't add fuel to the fire. 　不要火上加油。
　　　Don't do more harm 　　　不要讓害處多於益處。
　　　　than good.

□ **1136.** ***Be patient.*** 　　　　　要有耐心。
　　　Be able to wait. 　　　　　要能夠等待。
　　　Don't be hasty. 　　　　　不要倉促草率。

17.

勸
告
別
人

** ──────────

1134. hook〔hʊk〕*v.* 鉤住　　*n.* 鉤子　　***get hooked*** 上癮；沈迷
　　addict〔ə'dɪkt〕*v.* 使上癮　　addicted〔ə'dɪktɪd〕*adj.* 上癮的
　　control〔kən'trol〕*v.* 控制

1135. worse〔wɜs〕*adj.* 更糟的　　add〔æd〕*v.* 添加 < *to* >
　　fuel〔'fjuəl〕*n.* 燃料　　***add fuel to the fire*** 火上加油
　　Don't add fuel to the fire. = Don't make the situation worse.
　　= Don't do anything to make it worse.
　　do harm 有害　　***do good*** 有益
　　do more harm than good 害多於益；弊大於利
　　　(= *make it worse rather than better*)

1136. patient〔'peʃənt〕*adj.* 有耐心的　　***be able to V.*** 能夠…
　　Be able to wait. 也可說成：Be willing to wait. (要願意等待。)
　　　【 willing〔'wɪlɪŋ〕*adj.* 願意的 】
　　hasty〔'hestɪ〕*adj.* 匆忙的；倉促的；草率的

♣ 勸別人不要急，可用下面六句話

☐ 1137. ***Don't be rash*.**   不要急。
　　　　Just wait.   請等待。
　　　　Stick to your guns.   堅持你的立場。

☐ 1138. ***Take your time*.**   慢慢來。
　　　　Slow down.   減低速度。
　　　　Easy does it.   慢慢來。

♣ 勸告別人要有遠見，可以用下面三句話

☐ 1139. ***Be farsighted*.**   要有遠見。
　　　　Expect the unexpected.   要預料到意想不到的事。
　　　　You never know what   很難預料可能會發生什麼
　　　　　might happen.   事。

17.
勸
告
別
人

**────────────

1137. rash〔ræʃ〕*adj.* 性急的；輕率的
　　　just〔dʒʌst〕*adv.*【委婉的祈使語氣】…看看；請…
　　　stick to 堅持；忠於　　　gun〔gʌn〕*n.* 槍
　　　stick to *one's guns* 堅守立場；堅持自己的主張；不屈服
1138. ***take*** *one's time* 慢慢來　　***slow down*** 減低速度
　　　easy〔'izɪ〕*adv.* 輕鬆地
　　　Easy does it. （不要慌）慢慢來；（別緊張）放輕鬆；沉著點；
　　　　別那樣生氣。
1139. farsighted〔'far'saɪtɪd〕*adj.* 遠視的；有遠見的
　　　expect〔ɪk'spɛkt〕*v.* 期待；預料
　　　unexpected〔ˌʌnɪk'spɛktɪd〕*adj.* 意想不到的；出乎意料的
　　　the unexpected 意想不到的事
　　　you never know 很難說；很難預料　　happen〔'hæpən〕*v.* 發生

♣ 勸別人小心，不要冒險，可以用下面六句話

□ **1140**. ***Don't tempt fate*.** 　　　　　不要冒險。

　　　　 Don't push your luck. 　　　不要冒不必要的危險。

　　　　 Don't risk it. 　　　　　　不要冒險。

□ **1141**. ***Be careful*.** 　　　　　　　小心一點。

　　　　 Don't play with fire. 　　　不要玩火。

　　　　 Don't flirt with disaster. 　不要冒險。

** ————————

1140. tempt〔tɛmpt〕*v.* 引誘；誘惑（去做壞事）

　　　 fate〔fet〕*n.* 命運

　　　 tempt fate 字面的意思是「引誘命運去做壞事」，也就是「玩命；
　　　 冒險；貿然地說（或做）」。

　　　 push〔puʃ〕*v.* 推　　luck〔lʌk〕*n.* 運氣

　　　 push one's luck 冒險以期再走運；冒不必要的危險（= *press
　　　 one's luck*）

　　　 ***Don't push your luck*.** = Don't be overconfident and risk
　　　 losing your good luck.（不要過度自信而冒著失去好運的
　　　 風險。）　　　 risk〔rɪsk〕*v.* 冒…的危險　*n.* 風險；危險

　　　 ***Don't risk it*.** = Don't risk the good thing you have now.
　　　 = Don't risk losing what you have.（不要冒失去一切的風險。）

1141. careful〔'kɛrfəl〕*adj.* 小心的

　　　 play with fire 玩火；做危險的事（= *do something risky*）

　　　 flirt〔flɝt〕*v.* 調情；打情罵俏；玩弄

　　　 flirt with 不認眞考慮　　disaster〔dɪz'æstɚ〕*n.* 災難

　　　 flirt with disaster 把災難當兒戲；玩命；冒險

　　　 ***Don't flirt with disaster*.** 不要玩命；不要冒險。

　　　 = Don't do something dangerous.

♣ **説再見時，可跟朋友開玩笑説下面三句話**

☐ 1142. *You be careful now*.   你現在要小心。
Watch out for yourself.   要密切注意你自己。
Don't do anything   不要做任何愚蠢的事。
　　stupid.

☐ 1143. *Don't try your luck*.   不要想碰運氣。
Don't take a chance.   不要冒險。
Stop while you're   要見好就收。
　　ahead.

☐ 1144. *Don't ask*.   不要問。
It's a long story.   説來話長。
You don't want to   你不會想要知道的。
　　know.

* * * * —————

1142. careful〔'kɛrfəl〕*adj.* 小心的
You be careful now. 可説成：Be careful now.
watch out for 密切注意   stupid〔'stjupɪd〕*adj.* 愚蠢的
1143. luck〔lʌk〕*n.* 運氣
try your luck 試試運氣；碰運氣
take a chance 冒險   ahead〔ə'hɛd〕*adv.* 領先；勝過
stop while one is ahead 見好就收；適可而止
　　(= *quit while one is ahead*)
1144. *It's a long story*. 説來話長。
相關的説法還有：Make a long story short.（長話短説。）

□ **1145.** *Don't try me.*　　　　　　　不要考驗我。

　　Don't challenge me.　　　　　不要向我挑戰。

　　Don't put me to the test.　　不要使我接受考驗。

□ **1146.** *You look so serious!*　　　你看起來好嚴肅！

　　Why are you looking so　　　你為什麼看起來如此憂
　　　blue?　　　　　　　　　　　鬱？

　　Something getting you　　　　有什麼事使你沮喪嗎？
　　　down?

♣ **要求對方説實話，可以用下面六句話**

□ **1147.** *Tell me about it.*　　　　　說給我聽。

　　Time to come clean.　　　　　是該說實話的時候了。

　　Get it off your chest.　　　　要把你心中的話說出來。

＊＊────────────

1145. try〔traɪ〕*v.* 試驗；試探　　*Don't try me.* ＝ Don't test me.
　　challenge〔'tʃælɪndʒ〕*v.* 向…挑戰
　　put…to the test 使…接受考驗

1146. serious〔'sɪrɪəs〕*adj.* 嚴肅的　　blue〔blu〕*adj.* 憂鬱的
　　down〔daʊn〕*adj.* 不高興的；沮喪的
　　get sb. down 使某人沮喪
　　Something getting you down? 源自 Is something getting you
　　　down?

1147. *come clean* 說實話；全盤托出；招供
　　Time to come clean. 源自 It's time to come clean.
　　off〔ɔf〕*prep.* 離開　　chest〔tʃɛst〕*n.* 胸腔；內心；胸中
　　get sth. off one's chest 傾吐心中的話

□ **1148.** *Be honest*.   要誠實。

Be sincere.   要誠懇。

Speak the truth.   要說實話。

□ **1149.** *Trust me*.   信任我。

Believe me.   相信我。

Take my word for it.   相信我的話。

17.
勸告別人

♣ **當覺得某人不該做某事時，就可說這三句話**

□ **1150.** *Take a step back*.   退一步考慮。

Get away from it.   遠離它。

Step away from the
    problem.   避開這個問題。

** ——————————

1148. honest (ˈɑnɪst) *adj.* 誠實的
    sincere (sɪnˈsɪr) *adj.* 真誠的；誠懇的
    truth (truθ) *n.* 事實；實話
    Speak the truth. (= *Tell the truth*.) 也可說成：Don't lie,
      cheat, or steal. (不要說謊、欺騙，或偷竊。)

1149. trust (trʌst) *v.* 信任   word (wɝd) *n.* 話；言語
    take one's word for it 相信某人的話

1150. step (stɛp) *n.* 一步   *v.* 踏出一步
    Take a step back. ①退後一步。(= *Step back*.) ②退一步考慮。
      (= *Stop for a moment in order to consider something*.)
    get away from 遠離
    Get away from it. 也可說成：Stop being involved with it.
      (不要再和它有任何牽連。)【involve (ɪnˈvɑlv) *v.* 使有關連】
    step away from 遠離；避開 (= *leave…alone*)

♣ 鼓勵朋友做自己擅長的事，可以用下面三句話

□ 1151. ***Stick to what you know****.*　　堅持你熟知的事。

　　Just do what you do well.　　只要做你擅長的事。

　　Don't give up your day　　不要做你不擅長的事。
　　　job.

□ 1152. ***Don't worry****.*　　不要擔心。

　　Don't fret.　　不要煩惱。

　　Get it out of your head.　　不要想那件事了。

□ 1153. ***Calm down!***　　冷靜下來！

　　Settle down!　　平靜下來！

　　Don't get too excited.　　不要太興奮。

** ———————

1151. *stick to* 堅持

　　Stick to what you know*.*

　　= Don't try to do something you don't know how to do.

　　give up 放棄　　*day job* 主要工作；主業

　　Don't give up your day job*.* 是幽默的説法，字面的意思是
　　　　「別放棄現在的工作；轉業不是時候。」可用這句話告訴別
　　　　人，他們不擅長某事，不要把它當正職，也就是「不要做
　　　　你不擅長的事。」也可説成：Don't give up the day job.
　　　　(= *You're not good enough at this to make a living from it.*)

1152.
1153. fret〔frɛt〕*v.* 煩惱　　***get sth. out of*** one's ***head*** 不要想某事

　　calm〔kɑm〕*v.* 冷靜　　*calm down* 冷靜下來

　　settle〔'sɛtḷ〕*v.* 安定；平靜　　*settle down* 平靜下來

　　get〔gɛt〕*v.* 變得　　excited〔ɪk'saɪtɪd〕*adj.* 興奮的

**17.
勸告別人**

□ **1154.** ***Cool it.*** 要冷靜下來。
　　　　 Cool your jets. 要冷靜下來。
　　　　 Control yourself. 要控制自己。

□ **1155.** ***Have restraint.*** 要有自制力。
　　　　 Have self-control. 要有自制力。
　　　　 Have willpower. 要有意志力。

□ **1156.** ***Get it right.*** 要把它弄清楚。
　　　　 Get it straight. 要把它搞清楚。
　　　　 Don't mess up. 不要搞砸了。

♣ **勸告別人不要自找麻煩，可以用下面九句話**

□ **1157.** ***Don't ask for trouble.*** 不要自找麻煩。
　　　　 Don't rock the boat. 不要興風作浪。
　　　　 Don't make waves. 不要興風作浪。

**──────────

1154. cool〔kul〕*v.* 使冷卻；使平息　　***cool it*** 冷靜下來；鎮靜
　　　 jet〔dʒɛt〕*n.* 噴射機　　***cool your jets*** 冷靜下來
　　　 control〔kən'trol〕*v., n.* 控制

1155. restraint〔rɪ'strent〕*n.* 抑制；自制
　　　 self-control〔'sɛlfkən'trol〕*n.* 自制
　　　 willpower〔'wɪl,pauɚ〕*n.* 意志力；自制力

1156. right〔raɪt〕*adj.* 對的；正確的　　***get*** *sth.* ***right*** 弄清楚
　　　 straight〔stret〕*adj.* 正確的　　***get*** *sth.* ***straight*** 弄清楚
　　　 mess〔mɛs〕*v.* 胡搞；亂弄　　***mess up*** 搞砸

1157. ***ask for*** 要求　　***ask for trouble*** 自找麻煩；自討苦吃
　　　 rock〔rɑk〕*v.* 搖　　***rock the boat*** 興風作浪；破壞現狀；搗亂
　　　 wave〔wev〕*n.* 波浪　　***make waves*** 興風作浪；把事情鬧大

☐ **1158. *Keep your nose clean*.**	不要惹事生非。
Stay out of trouble.	遠離麻煩。
Don't do something	不要做出你會後悔的
you'll regret.	事。
☐ **1159. *Don't look for trouble*.**	不要自找麻煩。
Don't stir up trouble.	不要惹麻煩。
Let sleeping dogs lie.	【諺】不要惹事生非。
☐ **1160. *Don't sweat the small stuff*.**	不要過分擔心小事。
Don't worry about minor issues.	不要擔心不重要的問題。
Focus on the big picture.	要專注於事情的全貌。

17.
勸
告
別
人

** ——————

1158. *keep one's nose clean* 不惹事生非；安份守己；潔身自好
stay out of 遠離　　regret〔rɪ'grɛt〕v. 後悔
1159. *look for* 尋找　　*look for trouble* 自找麻煩（ = *ask for trouble* ）
stir〔stɜ〕v. 激起；引起 < *up* >　　*stir up* 引起（ = *cause* ）
Let sleeping dogs lie. 是諺語，字面的意思是「讓睡著的狗躺著。」也就是「不要惹事生非；不要自找麻煩。」
1160. sweat〔swɛt〕v. 流汗；過分擔心　　stuff〔stʌf〕n. 東西；事情
worry about 擔心；煩惱　　minor〔'maɪnɚ〕adj. 較不重要的
issue〔'ɪʃjʊ〕n. 問題；議題　　*focus on* 專注於
picture〔'pɪktʃɚ〕n. 圖畫；情況；局面
the big picture 事情的全貌；長期的遠景
Focus on the big picture. 也可說成：Keep your main goal in mind. (要記得你的主要目標。)

☐ **1161.** ***Take the good with the bad***.　　好與不好都承受。

　　Take the bitter with the sweet.　　接受順境和逆境。

　　Roll with the punches.　　要坦然接受。

♣ **勸告別人要專注於目標上，可以用下面三句話**

☐ **1162.** ***Focus on the goal***.　　專注於目標。

　　Zero in on your target.　　瞄準你的目標。

　　Keep your eye on the prize.　　把你的目光放在值得追求的事物上。

＊＊————————

1161. ***Take the good with the bad***. 也可説成：Take the bad with the good. 意思是「好與不好都承受；幸與不幸都接受。」

　　bitter〔ˈbɪtɚ〕*adj.* 苦的；痛苦的

　　take the bitter with the sweet 接受順境和逆境

　　roll〔rol〕*v.* 滾動；橫向翻滾；搖擺　　punch〔pʌntʃ〕*n.* 拳打

　　roll with the punches 坦然接受（= *accept both the good and the bad that a situation brings*）源自拳擊（boxing），拳擊手會躲開對方出拳（punch），以保護自己。

1162. ***focus on*** 專注於；集中於（= *concentrate on*）

　　goal〔gol〕*n.* 目標　　zero〔ˈzɪro〕*n.* 零　*v.* 將（儀器等）歸零

　　zero in on 對準（目標）（= *aim at*）；集中於（= *focus on*）

　　target〔ˈtɑrgɪt〕*n.* 靶；目標

　　Zero in on your target. = Focus on what you want to achieve.

　　keep one's ***eye on*** 眼睛盯著（某物）

　　prize〔praɪz〕*n.* 獎；獎品；值得追求的東西

　　Keep your eye on the prize. 也可説成：Remember your goal. = Keep your goal in mind.（要記得你的目標。）

□ 1163. *Knowledge is power*. Knowledge is wisdom. Knowledge will 　change your life.	【諺】知識就是力量。 知識就是智慧。 知識會改變你的人生。
□ 1164. *Don't worry about it*. Put it out of your 　mind. Put your mind at ease.	不要擔心它。 把它拋諸腦後。 放心。
□ 1165. *Don't worry about* 　*tomorrow*. Tomorrow has its own 　worries. Today's troubles are 　enough for today.	不要擔心明天。 明天會有明天的煩惱。 今天的煩惱已經夠多了。

** ――――――

1163. knowledge ('nɑlɪdʒ) *n.* 知識　　power ('pauɚ) *n.* 力量
　　Knowledge is power. 【諺】知識就是力量。【是英國哲學家培根
　　的名言】
　　wisdom ('wɪzdəm) *n.* 智慧　　change (tʃendʒ) *v.* 改變
1164. *worry about* 擔心　　put (put) *v.* 放；使處於 (某種狀態)
　　put sth. out of your mind 把…忘掉；把…拋諸腦後
　　at ease 輕鬆地；悠閒地
　　put one's mind at ease 讓某人放心；使某人安心
1165. worry ('wɝɪ) *n.* 憂慮；煩惱　　trouble ('trʌbl̩) *n.* 麻煩；煩惱

**17.
勸告別人**

□ 1166. *It is what it is*.   事情就是這樣。
Just accept it.   只能接受它。
Just deal with it.   只能應付它。

□ 1167. *Go along with it*.   要順勢而為。
Grin and bear it.   要逆來順受。
Go with the flow.   要順其自然。

□ 1168. *What's done is done*.   木已成舟。
What's past is past.   過去的已經過去。
Forget it.   算了吧。

□ 1169. *Live a full life*.   要過充實的生活。
Try everything.   要嘗試每件事。
Have no regrets.   要沒有遺憾。

** ————————————

1166. *It is what it is*. 字面的意思是「事情就是它現在這個樣子。」也就
是「事情就是這樣，不然又能怎樣。」表示不可改變，只好接受。
accept〔əkˊsɛpt〕v. 接受   *deal with* 應付；處理

1167. *go along with* 贊同；同意；支持   grin〔grɪn〕v. 露齒而笑
bear〔bɛr〕v. 忍受   *grin and bear it* 逆來順受
flow〔flo〕n. 流動   *go with the flow* 順其自然

1168. *What's done is done*. 事已至此；木已成舟。
(= *What's done cannot be undone*.)
past〔pæst〕adj. 過去的   *Forget it*. 算了吧。

1169. *live a ~ life* 過～生活   full〔fʊl〕adj. 充實的
try〔traɪ〕v. 嘗試   regret〔rɪˊgrɛt〕n. 後悔；遺憾

□ **1170.** *Nothing is certain.* ┆ 沒有什麼是確定的。
Nothing is ever for
sure. ┆ 絕對沒有什麼是確定的。
Always have a plan B. ┆ 一定要有替代方案。

♣ 勸告別人不要自責，可以用下面十二句話

□ **1171.** *Better luck next time.* ┆ 希望你下次運氣好一點。
You'll win next time. ┆ 你下次會贏的。
Don't criticize
yourself. ┆ 不要責怪自己。

□ **1172.** *Don't blame yourself.* ┆ 不要責備自己。
Don't beat yourself up. ┆ 不要自責。
Don't be so hard on
yourself. ┆ 不要對自己這麼嚴苛。

** ――――――――――――

1170. certain〔'sɜtn̩〕*adj.* 確定的　　ever〔'ɛvɚ〕*adv.* 曾經
not…ever 從未；絕不（ = *never* ）
for sure 確定的；必然的　　*plan B* B計劃；替代方案
1171. luck〔lʌk〕*n.* 運氣　　*next time* 下次
win〔wɪn〕*v.* 贏　　criticize〔'krɪtə,saɪz〕*v.* 批評；指責
Don't criticize yourself. 也可説成：Don't blame yourself.
　　（不要責備自己。）
1172. blame〔blem〕*v.* 責備；責怪　　beat〔bit〕*v.* 打
beat up 痛毆；責備　　*beat oneself up* 自責
hard〔hɑrd〕*adj.* 嚴厲的；嚴苛的
be hard on oneself 苛求自己；對自己嚴苛

□ 1173. *Go easy on yourself.* | 對自己寬大一點。
Don't let it get to you. | 別放在心上。
Don't torture yourself. | 不要折磨你自己。

□ 1174. *Let it be.* | 別管它。
Let it go. | 不要讓它困擾你。
Leave it alone. | 不要理會它。

□ 1175. *You should rest.* | 你應該休息一下。
Don't wear yourself out. | 別把自己累壞了。
Don't run out of gas. | 別把體力耗盡了。

17. 勸告別人

＊＊────────────────

1173. *go easy on sb.* 對某人寬大、溫和
Go easy on yourself. 也可説成：Don't blame yourself.（不要自責。）Don't be too hard on yourself.（別對自己太嚴厲。）
Don't let it get to you. 別往心裡去；別放在心上。
(= *Don't take it to heart.* = *Don't let it bother you.*)
torture〔'tɔrtʃɚ〕v. 折磨；使苦惱

1174. *let sth./sb. be* 別管某人/某事
let sth./sb. go 不讓某事或某人困擾你
leave〔liv〕v. 使處於（某種狀態）
alone〔ə'lon〕adj. 獨自的；單獨的　*leave~alone* 不理會~

1175. rest〔rɛst〕v. 休息　*wear out* 使筋疲力盡
run out of 用完　gas〔gæs〕n. 汽油
run out of gas （汽車）油料用盡；（人）體力耗盡
(= *lose one's energy*)

♣ 勸告別人要樂觀，可以用下面九句話

□ 1176. ***Be positive*.** 　　　　　要正面。

　　　　Be upbeat. 　　　　　　　要樂觀。

　　　　Look on the bright side. 　要看事物的光明面。

□ 1177. ***Stay positive*.** 　　　　　要保持樂觀。

　　　　Have a nice mindset. 　　要有良好的心態。

　　　　Have a good outlook. 　　要有正確的看法。

□ 1178. ***Be cheerful*.** 　　　　　要開心。

　　　　Be all smiles. 　　　　　要滿面笑容。

　　　　Beam at people. 　　　　要對別人微笑。

**

1176. positive〔'pɑzətɪv〕*adj.* 正面的；樂觀的
　　　upbeat〔'ʌp,bit〕*adj.* 樂觀的　　bright〔braɪt〕*adj.* 光明的
　　　***look on the bright side* (*of things*)** 看事物的光明面；樂觀

1177. stay〔ste〕*v.* 保持　　nice〔naɪs〕*adj.* 好的
　　　mindset〔'maɪnd,sɛt〕*n.* 心態；想法
　　　outlook〔'aut,luk〕*n.* 展望；觀點；看法
　　　***Have a good outlook*.** 也可說成：Be positive.（要樂觀。）
　　　Be optimistic.（要樂觀。）Don't be negative.（不要有
　　　負面的想法。）【optimistic〔,ɑptə'mɪstɪk〕*adj.* 樂觀的
　　　negative〔'nɛgətɪv〕*adj.* 負面的】

1178. cheerful〔'tʃɪrfəl〕*adj.* 開心的；愉快的　　***all smiles*** 滿面笑容
　　　***Be all smiles*.** 也可說成：Smile!（要微笑！）
　　　beam〔bim〕*v.* 微笑（= *smile* = *grin* = *look happy*）
　　　***Beam at people*.** 也可說成：Give people a big smile.
　　　（要給人大大的微笑。）

□ **1179.** ***Put on a brave face.*** | 要擺出勇敢的表情。
Don't show your | 不要顯露出你的感情。
feelings.
Keep a stiff upper lip. | 感情不要外露。

17.
勸告別人

□ **1180.** ***Hope for the best.*** | 要做最好的打算。
Prepare for the worst. | 要做最壞的準備。
Always be prepared. | 一定要做好準備。

□ **1181.** ***Get with the times.*** | 要跟上時代。
Adjust to the new. | 適應新事物。
Adapt and change. | 適應並改變。

** ———————————

1179. ***put on*** 穿上;擺出(態度、外表等)
brave〔brev〕*adj.* 勇敢的　　face〔fes〕*n.* 臉;表情
Put on a brave face. 也可説成:Hide your fear.(隱藏你的
恐懼。)　　show〔ʃo〕*v.* 顯示
feelings〔'filɪŋz〕*n. pl.* 感情　　stiff〔stɪf〕*adj.* 僵硬的;緊繃的
upper〔'ʌpɚ〕*adj.* 上方的　　lip〔lɪp〕*n.* 嘴唇
Keep a stiff upper lip. 字面的意思是「要保持緊繃的上唇。」
即指「要沈默寡言;感情不要外露。」
1180. hope〔hop〕*v.* 希望　　prepare〔prɪ'pɛr〕*v.* 準備
Hope for the best. Prepare for the worst. 源自諺語:Hope
for the best and prepare for the worst.(抱最好的希望,
做最壞的準備。)　　prepared〔prɪ'pɛrd〕*adj.* 有準備的
1181. ***get with the times*** 跟上時代
= move with the times = keep up with the times
adjust〔ə'dʒʌst〕*v.* 適應 < *to* >　　adapt〔ə'dæpt〕*v.* 適應

□ **1182.** *Be modern.* 　　　　　要摩登。
　　　　Stay current. 　　　　要跟上流行。
　　　　Stay on the cutting 　　要走在時代的尖端。
　　　　　edge.

□ **1183.** *Love your enemies.* 　要愛你的敵人。
　　　　Be good to those who 　要對討厭你的人好。
　　　　　hate you.
　　　　Forgive those who 　　原諒傷害過你的人。
　　　　　hurt you.

□ **1184.** *Forget about it.* 　　把它忘了吧。
　　　　Nobody cares now. 　　現在沒人在乎了。
　　　　It's best left forgotten. 　最好把它忘了。

**──────

1182. modern〔'madən〕 *adj.* 現代化的；最新式的；摩登的
　　stay〔ste〕*v.* 停留；保持
　　current〔'kɜ·ənt〕 *adj.* 現今的；現在流行的
　　cutting〔'kʌtɪŋ〕 *adj.* 銳利的　　edge〔ɛdʒ〕*n.* 邊緣；刀口
　　cutting edge 時代尖端
1183. enemy〔'ɛnəmɪ〕*n.* 敵人　　hate〔het〕*v.* 恨；討厭
　　forgive〔fə'gɪv〕*v.* 原諒
　　hurt〔hɜ·t〕*v.* 傷害【三態變化：hurt-hurt-hurt】
1184. *forget about* 忘記；對…不放在心上
　　care〔kɛr〕*v.* 在乎　　leave〔liv〕*v.* 使處於（某種狀態）
　　forgotten〔fə'gɑtn̩〕*adj.* 受忽略的；遭遺忘的
　　be best left forgotten 最好被遺忘

17.
勸告別人

♣「陳年往事」英文怎麼說？

□ 1185. *It happened long ago*.   那是很久以前發生的。
It doesn't matter now.   那現在不重要了。
It's ancient history.   那是陳年往事了。

□ 1186. *Make the most of now*.   要善加利用現在。
Make each day
  important.   要讓每一天都很重要。
Make every hour count.   讓每個小時都很重要。

□ 1187. *Time flies*.   【諺】時光飛逝。
It ticks away.   時間很快就過去。
Don't waste a minute.   不要浪費時間。

** ─────────

1185. *long ago* 很久以前   matter〔'mætɚ〕*v.* 重要
ancient〔'enʃənt〕*adj.* 古代的   history〔'hɪstrɪ〕*n.* 歷史
ancient history 古代史；(不再重要的) 舊事；往事
1186. *make the most of* 善加利用；充分利用
Make the most of now. 也可説成：Take the opportunities
you have now. (要把握你現在擁有的機會。)
count〔kaʊnt〕*v.* 重要
Make every hour count. 也可説成：Make the most of your
time. (要善用你的時間。) Use your time well. (要好好利
用你的時間。)
1187. *Time flies*. 也可説成：Time flies like an arrow. (【諺】光陰
似箭。)   tick〔tɪk〕*v.* (鐘錶等) 滴答響
tick away (時光) 流逝；(時間) 滴滴答答地過去 (= *tick by*
= *pass by*)   minute〔'mɪnɪt〕*n.* 分鐘；片刻 (時間)

☐ 1188. ***How time flies!*** | 時間過得真快！
Time flies by too | 時間飛逝。
　　quickly.
Time waits for no man. | 歲月不待人。

♣「展望未來」英文怎麼說？

☐ 1189. ***Look down the road.*** | 要展望未來。
Keep your eyes on the | 要放眼未來。
　　future.
Always see the big | 一定要看長期的遠景。
　　picture.

**—————————

1188. how〔haʊ〕*adv.* 多麼地　　　fly〔flaɪ〕*v.*（光陰）如箭般飛過去
Time flies.【諺】光陰似箭。
How time flies! 時間過得真快！　　***fly by*** 飛過
quickly〔'kwɪklɪ〕*adv.* 快地
Time waits for no man. 來自諺語：Time and tide wait for no
　　man.（歲月不待人。）【tide 原指「潮汐」，這裡與 time 同義，指
　　「時間」，用 and 連接兩個同義詞 time and tide，有加強語氣的作用】

1189. ***down the road*** 將來；今後
Look down the road. = Look to the future.
= Think about the future.
keep one's eyes on 眼睛盯著…看　　future〔'fjutʃɚ〕*n.* 未來
the big picture 全貌；總體情況；長期的遠景
Always see the big picture. 也可說成：Consider the whole
　　story.（要考慮整個情況。）或 Don't be shortsighted.（不
　　要目光短淺。）【story〔'storɪ〕*n.* 詳情；情況
　　shortsighted〔'ʃɔrt'saɪtɪd〕*adj.* 目光短淺的；沒有遠見的】

♣ 英文的 **dog eat dog** 不等於中文的「狗咬狗」

☐ 1190. *Life isn't easy.*　　　　　　生活並不容易。
　　　Life is not fun and　　　　　生活不是玩耍嬉戲。
　　　　games.
　　　It's a dog eat dog　　　　　　這是個殘酷無情，競爭激
　　　　world.　　　　　　　　　　烈的世界。

☐ 1191. *Enjoy the moment.*　　　　要享受當下。
　　　Live for the day.　　　　　　要活在當下。
　　　Grab every chance.　　　　　要抓住每一個機會。

☐ 1192. *Life is a precious gift.*　　生命是珍貴的禮物。
　　　Think about all you　　　　想想你擁有的一切。
　　　　have.
　　　Be thankful for it.　　　　　要心懷感謝。

** ────────────────

1190. *fun and games* 玩耍；嬉戲　　*dog eat dog* 殘酷無情的
　　　a dog eat dog world 殘酷無情、競爭激烈的世界
1191. moment〔'momənt〕*n.* 時刻　　*the moment* 此刻；現在
　　　Live for the day. = Live in the present.
　　　【present〔'prɛznt〕*n.* 現在】
　　　grab〔græb〕*v.* 抓住　　chance〔tʃæns〕*n.* 機會
　　　Grab every chance. = Take every opportunity.
　　　【opportunity〔͵ɑpə'tjunətɪ〕*n.* 機會】
1192. precious〔'prɛʃəs〕*adj.* 珍貴的（= *valuable*）
　　　gift〔gɪft〕*n.* 禮物　　*think about* 考慮；回想；想起
　　　thankful〔'θæŋkfəl〕*adj.* 感謝的 <*for*>

□ **1193.** *Live your own life.* 　　過你自己的生活。
　　Be an individual. 　　要做你自己。
　　Be unique and special. 　　要非常獨特。

□ **1194.** *Be quick to forgive.* 　　要快點原諒。
　　Be swift to forget. 　　要快點忘記。
　　Don't be upset for too 　　不要生氣太久。
　　　long.

□ **1195.** *Don't avoid it.* 　　不要逃避。
　　Don't ignore it. 　　不要忽視。
　　Don't hide from it. 　　不要躲避。

** ——————————————

1193. *live ~ life* 過~生活
　live one's own life 以自己的方式生活；自由自在地生活
　individual〔͵ɪndə'vɪdʒʊəl〕*n.* 個人；獨特的個人；個體
　Be an individual. = Be yourself. = Be your own person.
　　= Don't follow others. 也就是 Find your passion and
　　go for it. (找到自己的愛好，大膽去做。)
　unique〔ju'nik〕*adj.* 獨特的；獨一無二的
1194. quick〔kwɪk〕*adj.* 快的　　forgive〔fə'gɪv〕*v.* 原諒
　swift〔swɪft〕*adj.* 快的 (= *quick*)　　forget〔fə'gɛt〕*v.* 忘記
　Be quick to forgive. 和 *Be swift to forget.* 合併起來就成為
　　Forgive and forget. (【諺】既往不咎。)
　upset〔ʌp'sɛt〕*adj.* 不高興的
1195. avoid〔ə'vɔɪd〕*v.* 避免；避開　　ignore〔ɪg'nor〕*v.* 忽視
　hide〔haɪd〕*v.* 躲藏　　*hide from* 躲避

☐ **1196.** *Appreciate everything.* | 要感激一切。
Be grateful and | 要非常感激。
thankful.
Have an attitude of | 要有感激的態度！
gratitude!

☐ **1197.** *Enjoy life while you* | 趁你可以的時候，享受人
can. | 生。
Don't miss any | 不要錯過任何機會。
opportunities.
Don't pass up any | 不要放棄任何好機會。
good chances.

♣ 勸別人要有勇氣，不要臨陣退縮，可以用下面三句話

☐ **1198.** *Have guts.* | 要有膽量。
Have courage. | 要有勇氣。
Don't chicken out. | 不要臨陣退縮。

**————————————

1196.
appreciate〔ə'priʃɪ,et〕v. 感激　　grateful〔'gretfəl〕adj. 感激的
thankful〔'θæŋkfəl〕adj. 感謝的　　attitude〔'ætə,tjud〕n. 態度
gratitude〔'grætə,tjud〕n. 感激

1197.
while〔hwaɪl〕conj. 當…的時候　　miss〔mɪs〕v. 錯過
opportunity〔,ɑpə'tjunətɪ〕n. 機會
pass up 放棄（= *give up*）；拒絕（= *reject*）
chance〔tʃæns〕n. 機會

1198.
guts〔gʌts〕n. pl. 勇氣；膽量　　courage〔'kɝɪdʒ〕n. 勇氣
chicken out（因膽怯而）臨陣退縮

♣ 美國人認為人要活在當下，他們常說下面三句話

☐ 1199. *God only gives you a certain period of time*.　　上帝只給你一段時間。

He wants you to make the best use of it.　　祂要你做最好的利用。

He wants you to enjoy it.　　祂要你過得快樂。

☐ 1200. *You can't please everybody*.　　你無法取悅每個人。

You can never make everyone happy.　　你絕對無法使每個人都高興。

You cannot make an omelet without breaking eggs.　　【諺】要達到目的，必須付出代價。

** ─────────────

1199. God〔gɑd〕*n.* 上帝
certain〔'sɝtn〕*adj.* 某一的；固定的；一定的
period〔'pɪrɪəd〕*n.* 期間　　*make the best use of* 善用
enjoy〔ɪn'dʒɔɪ〕*v.* 享受；快樂地體驗
1200. please〔pliz〕*v.* 取悅　　omelet〔'ɑmlɪt〕*n.* 煎蛋捲
break〔brek〕*v.* 打破
You cannot make an omelet without breaking eggs.
【諺】不打蛋，不能做蛋捲；要怎麼收穫，先怎麼栽；
要達到目的，必須付出代價。

句子索引

句子索引

句
子
索
引

H

句子索引

句子索引

句子索引

句子索引

句子索引

Y、Z

句子索引

關鍵字索引

關鍵字索引

關鍵字索引

關鍵字索引

關鍵字索引

自媒體時代來臨，人們不看報紙，不看電視，只看手機。加入「單詞教父劉毅」的網站，和志同道合的人一對一交流，每天都有成就感。

人生中最大的快樂就是進步，就像小孩長大，每天在「單詞教父劉毅」的網站上用英語交流，英文越來越好，朋友越來越多。

你可查詢書中「關鍵字索引」或「句子索引」，找出你想要說的話，你也可以用書中的句子，自行組合成你想要說的完美英語。

  快手

 抖音

在「快手」、「抖音」的評論區，
是你練習英文、結交朋友最好的機
會，不分年齡、不分程度，用英文
留言，和全世界接軌。